내 귀에
해설이
들려

내 귀에 해설이 들려 4

설경구 현대 판타지 소설

초판 1쇄 찍은 날 § 2020년 7월 20일
초판 1쇄 펴낸 날 § 2020년 7월 27일

지은이 § 설경구
펴낸이 § 서경석

총괄팀장 § 노종아
편집책임 § 최이슬
디자인 § 소소연

펴낸곳 § 도서출판 청어람
등록번호 § 제387-1999-000006호
등록일자 § 1999. 5. 31
어람번호 § 제1-3068호

주소 § 경기도 부천시 부일로 483번길 40 서경B/D 3F (우) 14640
전화 § 032-656-4452 팩스 § 032-656-4453
http://www.chungeoram.com
E—mail § chungeorambook@daum.net

ISBN 979-11-04-92216-9 04810
ISBN 979-11-04-92190-2 (세트)

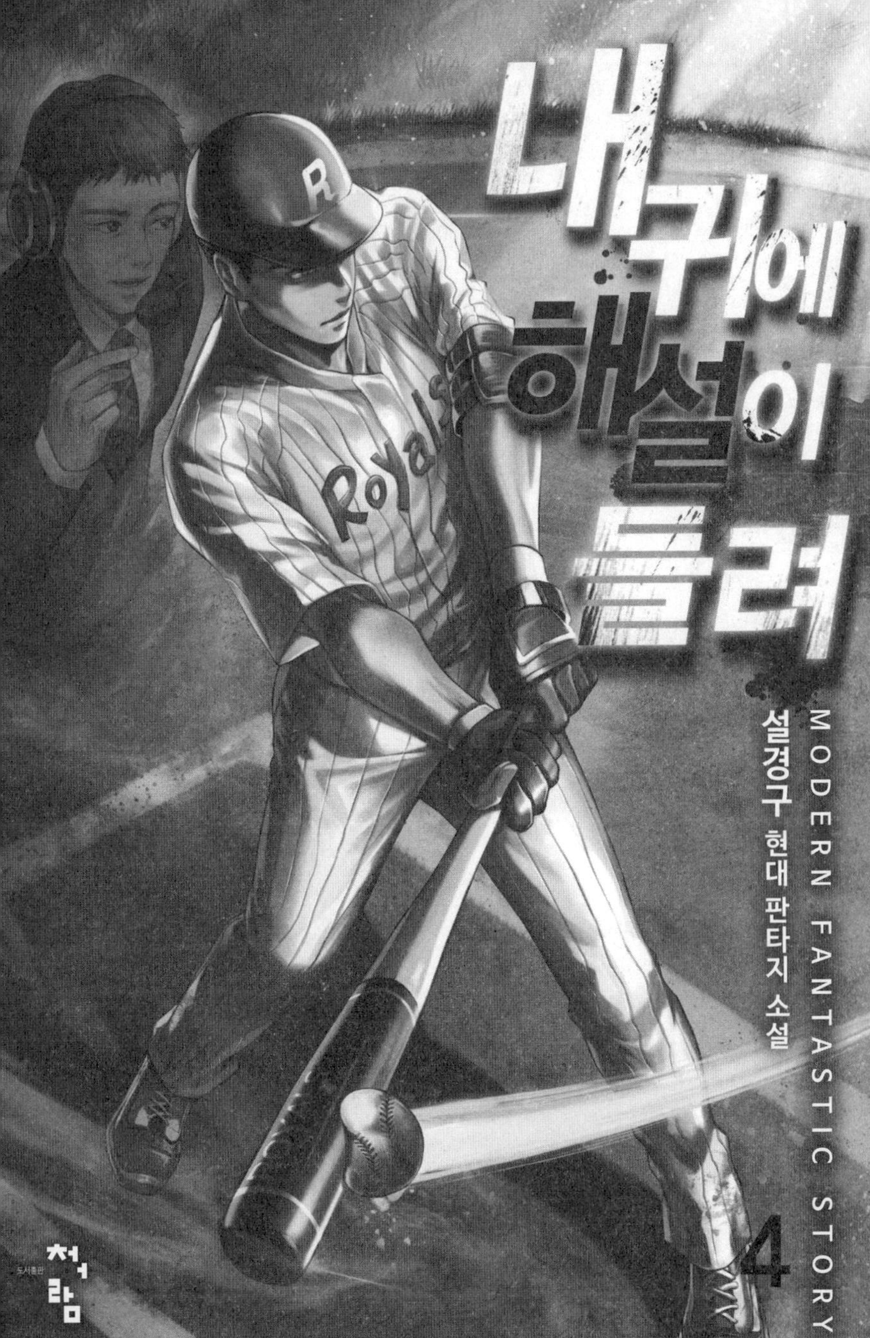
내 귀에 해설이 들려
설경구 현대 판타지 소설
MODERN FANTASTIC STORY
4
도서출판 청람

내 귀에 해설이 들려

목차

제1장

"거짓말이죠?"

'독한 야구' 녹음을 마친 후, 박건이 물었다.

"진짜다. 청우 로열스는 꽤 괜찮은 팀이 됐다."

이용운이 설명을 더했다.

"기존에 청우 로열스의 약점은 득점력이 빈곤했다는 것이었다. 특히 상하위 타선의 불균형이 심각했지. 그런데 앤서니 쉴즈와 백선형이 길었던 부진에서 탈출하면서 상하위 타선의 불균형이라는 문제점이 해소되고 있다. 한창기 감독이 타순만 잘 조정한다면, 빈곤했던 득점력이 상승할 것이다."

박건이 고개를 끄덕였다.

상하위 타선의 불균형이 청우 로열스의 약점이라는 사실을 박건도 알고 있었다.

그렇지만 마땅한 해결책이 보이지 않았는데, 임건우에 이어서 앤서니 쉴즈와 백선형까지 슬럼프에서 탈출하면서 상하위 타선의 불균형이라는 약점을 해결할 방법이 보이기 시작했다.

이용운의 말처럼 한창기 감독이 타순만 잘 짠다면?

청우 로열스 타선의 득점 생산력은 비약적으로 늘어날 가능성이 충분했다.

"하나 더 긍정적인 부분이 있다."

그때, 이용운이 다시 입을 뗐다.

"또 뭐요?"

"백선형이 부진에서 탈출하면서, 팀워크가 좋아질 거다."

"……?"

"팀의 주장이자 최고참 선수인 백선형의 입지가 탄탄해지면, 자연스레 팀 분위기도 좋아질 거야."

'옳은 분석.'

이렇게 판단하면서도 박건은 고개를 흔들었다.

아까 박건이 거짓말이냐고 물었던 것은 이게 아니었기 때문이었다.

"독설을 날릴 수 없어서 '독한 야구' 방송을 잠정 중단 한다는 것, 거짓말이죠?"

"왜 거짓말이라고 생각하느냐?"

"선배님께서 마음만 먹는다면 청우 로열스의 약점을 찾아내서 얼마든지 독설을 날릴 수 있을 테니까요."

"나에 대해 잘 아는구나. 괜히 영혼의 파트너가 아니야."

이용운이 칭찬한 순간, 박건이 다시 물었다.

"진짜 이유는 따로 있죠?"

"무슨 이유?"

박건이 대답했다.

"'독한 야구'의 인기가 없어서 흥이 안 나는 거죠?"

*　　　*　　　*

이용운의 예측은 적중했다.

11승 2패.

'독한 야구' 방송이 잠정 중단을 선언한 후, 청우 로열스가 거둔 성적이었다.

가파른 상승세를 타면서 청우 로열스의 순위는 리그 6위까지 치솟았다.

청우 로열스와 마경 스왈로우스의 3연전 마지막 경기.

지난 두 경기를 모두 승리하며 위닝시리즈를 확보한 청우 로열스는 마경 스왈로우스의 거센 저항에 부딪쳤다.

5—7.

8회 말이 끝났을 때의 스코어였다.

2점 차로 뒤지고 있었지만, 청우 로열스의 더그아웃 분위기는 밝았다.

마치 경기를 앞서고 있는 팀처럼 느껴질 정도였다.

"쫓아가자."

"역전할 수 있어."

"아직 경기 안 끝났다."

주장인 백선형을 필두로 더그아웃 곳곳에서 우렁찬 외침이 터져 나왔다.

'질 것 같지 않아.'

분명히 패색이 짙은 경기였다.

그렇지만 타석에 들어설 준비를 하고 있던 박건은 질 것 같지 않다는 느낌이 들었다.

마경 스왈로우스의 최성훈 감독은 9회 초 수비에 팀의 마무리투수인 김사현을 마운드에 올렸다.

1번 타자 고동수부터 시작하는 청우 로열스의 9회 초 공격.

김사현은 고동수를 상대로 신중하게 승부 했다.

2볼 2스트라이크.

유리한 볼카운트에서 김사현은 결정구로 체인지업을 선택했다.

슈악.

딱.

타이밍을 뺏긴 고동수의 땅볼타구가 투수의 곁을 스치고 지나갔다.

그렇지만 타구의 속도가 빠르지 않았다.

유격수가 타구를 처리하기 위해서 2루 베이스 뒤에 도착해서 기다리고 있을 때였다.

툭.

고동수가 때린 타구가 2루 베이스를 맞고 방향이 바뀌었다. 그리고 갑자기 방향이 바뀌어 버린 타구를 유격수가 처리하기에는 역부족이었다.

'운도 따라.'

행운의 내야안타로 선두타자인 고동수가 출루에 성공한 순간, 박건이 속으로 생각하며 타석을 향해 걸어갔다.

앤서니 쉴즈가 길었던 부진에서 완전히 벗어나면서, 박건은 다시 2번 타자로 경기에 출전하고 있었다.

잠시 후, 박건이 고개를 갸웃했다.

근래 들어 이용운이 너무 조용하단 생각이 들어서였다.

"선배님. 왜 아무 말도 없으십니까?"

"알아서 잘하니까."

"하지만……."

"알아서 해."

이용운은 그 말을 끝으로 입을 다물어 버렸다.

타석에 들어선 박건은 김사현을 상대로 덤비지 않고 차분하게 기다렸다.

슈악.

"볼."

2볼 2스트라이크 상황에서 김사현이 던진 유인구가 빠지며 풀카운트가 됐다.

그 순간, 박건이 배트를 고쳐 쥐었다.

"체인지업."

그와 동시에 박건이 작게 중얼거렸다.

김사현이 결정구로 체인지업을 구사할 거라고 판단했기 때문이었다.

예상대로 이용운에게서는 아무런 대답도 돌아오지 않았다.

'맞다는 뜻이야.'

만약 박건의 구종 예측이 틀린 경우라면?

이용운이 지적했을 터였다. 그렇지만 아무런 말도 없다는 것은 이용운 역시 같은 생각이란 뜻이었다.

타다닷.

슈악.

풀카운트였기에 고동수가 빠르게 스타트를 끊은 순간, 김사현의 손에서 공이 떠났다.

따악.

박건이 휘두른 배트 중심에 걸린 타구가 우중간을 반으로 가르며 펜스까지 굴러갔다.

1루 주자였던 고동수가 3루를 통과해 홈으로 쇄도했고, 2루 베이스 근처에 도착한 박건의 귀에 이용운의 목소리가 들렸다.

"계속 달려."

타구를 확인하기 위해 고개를 돌리며 속도를 줄이는 대신, 박건이 속도를 유지한 채 2루 베이스를 통과했다.

쉬이익.

탁.

헤드퍼스트슬라이딩을 감행한 박건의 손이 3루 베이스에 닿는 것이 태그보다 반 박자가량 더 빨랐다.

"세이프."

3루심이 세이프를 선언한 순간, 박건이 유니폼 상의에 묻은 흙을 털며 전광판을 살폈다.

6–7.

연속안타가 나오면서 경기는 한 점 차로 줄어들어 있었다. 그리고 무사 3루의 득점 찬스가 이어지고 있었다.

'외야플라이 하나만 나와도 동점.'

블론세이브 위기에 몰린 김사현이 양훈정을 상대로 전력투구를 펼쳤다.

슈아악.

부웅.

"스트라이크아웃."

체인지업 대신 직구를 결정구로 구사한 김사현이 양훈정을 삼진으로 돌려세웠다.

그런 그가 한숨을 돌렸을 때, 타석에는 4번 타자 앤서니 쉴즈가 들어섰다. 그리고 앤서니 쉴즈는 길게 승부를 가져가지 않았다.

슈악.

김사현이 스트라이크를 잡기 위해 던진 초구 체인지업을 공략했다.

딱.

'외야플라이!'

직구를 노렸기 때문일까.

타격 타이밍이 살짝 어긋났다.

그래서 박건은 깊숙한 외야플라이가 될 거라고 예상했는데.

그 예상은 보기 좋게 빗나갔다.

앤서니 쉴즈가 때린 타구는 외야 펜스를 살짝 넘기고 떨어졌다.

8—7.

앤서니 쉴즈의 극적인 투런홈런이 터지면서 청우 로열스는 9회 초 공격에서 역전을 만들어내는 데 성공했다.

박건이 홈플레이트 근처에서 홈런을 때린 앤서니 쉴즈를 환영하기 위해서 기다리고 있을 때였다.

"내 말을 전해라."

이용운이 부탁했다.

그 부탁을 들은 박건이 움찔했다.

문득 불안감을 느껴서였다.

"어서."

이용운의 재촉을 받은 박건이 결국 부탁을 들어줬다.

'대체 무슨 말을 한 거야?'

박건이 전한 말을 들은 앤서니 쉴즈의 표정이 무섭게 굳어졌다.

그런 그가 박건을 덥석 안고 높이 들어 올리며 소리쳤다.

"Why so serious?"

* * *

"Why so serious?"

박건이 입을 뗀 순간, 이용운이 물었다.

"지금 뭐 하냐?"

"어떻습니까? 잘하지 않습니까?"

"뭐, 예전에 비해선 영어 발음이 좀 좋아진 것 같긴 하구나."

이용운이 순순히 대답했다.

그렇지만 박건이 원했던 대답은 아니었다.

"발음이 좋아졌는지 여부를 물은 게 아닙니다."

"그럼?"

"연기가 괜찮은지 물은 겁니다."

"……?"

"Why so serious? 알고 보니 영화에 등장했던 유명한 대사더군요. 그래서 극 중 배우가 했던 톤대로 따라 해봤는데 잘하는 것 같습니까?"

"꽤 하는구나."

이용운의 대답을 들은 박건이 웃었다.

"이게 다 선배님 덕분입니다."

"내 덕분이라고?"

"선배님 덕분에 연기가 많이 늘었거든요."

'야구선수는 야구만 잘하면 된다.'

박건이 가지고 있었던 생각이었다.

그 생각은 지금도 크게 바뀌지 않았다.

그렇지만 이용운과 영혼의 파트너가 된 후, 박건은 야구를 잘하기 위해서는 피나는 훈련 이외에도 다른 요소들이 필요하다는 사실을 깨달았다.

그중 한 가지 요소가 바로 연기였다.

"야구는 일종의 심리 게임이다. 상대를 속이기 위해서는 연기를 잘할 필요가 있다."

이용운이 했던 조언을 충실히 따르다 보니, 부지불식간에 자연스레 연기가 늘어 있었다.

"기왕이면 분장도 하지 그랬느냐?"

'봤네.'

이용운 역시 'Why so serious?'라는 명대사가 등장하는 영화를 봤다는 것을 알아챈 박건이 대답했다.

"그건 좀 오버 같아서요. 연기자로 나설 생각은 없거든요."

"그럴 실력은 되고?"

"아까 연기가 많이 늘었다고 말씀하시지 않으셨습니까?"

"아직 멀었다."

"저도 알고 있습니다. 그리고 지금 중요한 건 그게 아닙니다."

박건이 화제를 돌렸다.

"영어 공부를 시작하고 나서, 앤서니 쉴즈가 했던 말에 대해 검색하다가 영화에 등장했던 대사였다는 것을 알게 됐습니다."

"영어 공부? 그건 왜 하는 거냐?"

"메이저리그에 진출하려면 영어를 배워서 기본적인 의사소통 정도는 할 수 있어야 할 것 같아서요?"

박건이 대답하자, 이용운이 못마땅한 목소리를 꺼냈다.

"영어 공부 할 필요 없다."

"왜요?"

"통역이 있잖아."

"누구요?"

"당연히 나지."

이용운이 당연하다는 듯이 대답한 순간, 박건이 고개를 흔들었다.

"그래서 영어 공부를 하는 겁니다."

"응?"

"통역을 영 믿을 수가 없거든요."

"왜 날 못 믿는다는 거냐?"

이용운이 언짢은 목소리로 질문하자마자 박건이 대답했다.

"제가 영어를 모른다고 마음대로 이상한 말을 막 하시잖습니까?"

"이상한 말은 한 적 없다."

이용운이 딱 잘라 말한 순간, 박건이 다시 입을 뗐다.

"그럼 굳이 필요하지 않은 말이라고 정정하죠."

"내가 대체 언제 굳이 필요하지 않은 말을 했다는 거냐?"

이용운이 영문을 모르겠다는 투로 물은 순간, 박건이 입을 뗐다.

"지금 홈런 쳤다고 좋아할 때가 아니다. 다시 테이크백에 걸리는 시간이 길어지고 있다. 스윙도 점점 커지고 있고. 초심을 잊지 마라. 계속 그런 식으로 하다가는 다시 은퇴 위기에 처할 수 있다."

"……?"

"기억하시죠? 앤서니 쉴즈가 9회 초에 역전을 만드는 결승 홈런을 때리고 홈으로 들어왔을 때, 선배님이 하셨던 말씀입니다."

박건이 영어 공부를 시작하기로 결심한 후, 가장 먼저 했던 일이 이용운이 했던 말을 사전을 찾아가면서 해석한 것이었다.

"선배님이 하신 말씀, 맞죠?"

박건이 재차 묻자, 이용운이 대답했다.

"틀렸다."

"틀렸다고요? 제 해석 중 어느 부분이 틀렸습니까?"

"해석은 정확했다."

"그럼 뭐가 틀렸다는 겁니까?"

"내가 아니라 후배가 한 말이지."

"쩝."

박건이 입맛을 다셨다.

이용운이 했던 말을 그대로 옮겼기 때문에, 앤서니 쉴즈는 당연히 박건이 한 말이라고 여기고 있었다. 그리고 박건이 가장 우려하는 것도 바로 이 부분이었다.

"9회 초에 극적인 역전을 만들어낸 결승 홈런을 때리고 홈으로 막 들어온 앤서니 쉴즈였습니다. 그런데 굳이 그 타이밍에 그런 이야기를 했었어야 합니까?"

"노파심이 들어서 한 말이다."

"노파심요?"

"원래 높이 솟구쳤다가 추락할 때가 가장 아픈 법이다. 앤서니 쉴즈가 자만해서 다시 예전으로 돌아가지 않도록 만들기 위해서는 꾸준히 경각심을 심어줘야 하거든."

"하지만……."

"넌 화무십일홍이란 말도 모르냐?"

"화무십일홍(花無十日紅)…요?"

지금까지 운동만 해왔다고 해도 과언이 아닌 박건이었다.

당연히 공부와는 벽을 쌓고 살아왔던 인생.

그런 만큼 박건은 영어뿐만 아니라 한자에도 약한 편이었다.

오죽하면 영어 울렁증이 있다는 사실을 이번에 처음 알게 됐을까.

해서 박건이 당황한 기색을 드러내자, 이용운이 코웃음을 쳤다.

"내가 보기에는 영어 공부가 급한 게 아니라 한자 공부가 더 급한 것 같구나. 어쨌든 모른다니 알려주마. 화무십일홍, 열흘 붉은 꽃은 없다는 뜻이다."

이용운이 화무십일홍의 뜻에 대해 알려준 순간, 박건이 고개를 갸웃했다.

"열흘 붉은 꽃이 정말 없습니까? 난 본 것 같은데."

"없다."

"분명히 봤습니다."

"아마 조화였을 게다."

"조화…요?"

박건의 양 볼이 부끄러움으로 붉게 달아올랐을 때, 이용운이 한심하단 목소리로 말을 이었다.

"그리고 비유법도 몰라? 열흘 붉은 꽃이 없다는 것은 영원한 권력은 없다는 뜻이다. 즉, 계속 좋기만 한 것은 없다는 뜻으로 해석하면 되지."

"뭐, 그렇다고 치죠."

계속 더 말해봐야 자신의 무식만 탄로 날 거라고 판단한 박건이 서둘러 화제를 돌렸다.

“그나저나 ‘독한 야구’ 방송을 잠정 중단 하고 난 후에 서운하거나 심심하지 않으세요?”

“아직은 견딜 만하다.”

“입이 근질근질하시다는 뜻이네요. 언제쯤 다시 복귀하실 겁니까?”

이용운은 본인이 했던 말을 지켰다.

벌써 20일 가까이 팟 캐스트 방송 ‘독한 야구’의 녹음을 하지 않고 있었다.

박건이 조심스럽게 ‘독한 야구’ 방송의 재개 시점에 대해 묻자, 이용운이 대답했다.

“아까 화무십일홍에 대해 설명했지?”

‘또 그 이야기야?’

박건이 슬쩍 눈살을 찌푸렸다.

영어 및 한자 울렁증이 있는 박건이었기에 서둘러 화제를 돌렸었다. 그런데 다시 화제가 돌아와 있었다.

그때, 이용운이 덧붙였다

“화무십일홍이란 말, 꼭 앤서니 쉘즈에게만 적용되는 말이 아니다. 청우 로열스에게도 적용되는 말이지.”

“그게 무슨 뜻입니까?”

“청우 로열스가 계속 잘나갈 수는 없다는 뜻이다.”

이용운이 웃음기 섞인 목소리로 한마디를 더했다.

“한마디로 내가 복귀할 때가 머지않았다는 뜻이지.”

*　　　　*　　　　*

올스타 브레이크를 앞두고 열리는 마지막 3연전.

청우 로열스는 중앙 드래곤즈와 3연전을 치렀다.

3연전 1차전은 5-8로 중앙 드래곤즈의 승리.

3연전 2차전은 7-5로 청우 로열스의 승리.

각각 한 경기씩을 가져간 양 팀의 3연전 마지막 경기에는 의미가 있었다.

현재 중앙 드래곤즈의 순위는 리그 5위.

청우 로열스의 순위는 리그 6위였다.

양 팀의 경기차는 단 한 경기.

만약 양 팀의 3연전 최종전에서 청우 로열스가 승리를 거둔다면?

양 팀의 순위가 뒤바뀐 채 올스타 브레이크를 맞이하게 된다.

승차는 같았지만, 승률에서 청우 로열스가 미세하게 앞서기 때문이었다.

*　　　　*　　　　*

"오늘 경기는 후반기를 위해서라도 무조건 잡아내자."

경기 시작 전, 선수단 미팅에서 팀의 주장인 백선형은 선수들에게 분발을 촉구했다. 그리고 선수들도 오늘 경기의 중요성에 대해서는 잘 알고 있었다.

올스타 브레이크 전에 열리는 리그 전반기 마지막 경기가 중요한 이유는 리그 후반기 팀 분위기에까지 영향을 미치기 때문이었다.

리그 6위가 아니라 가을야구 마지노선인 리그 5위로 전반기를 마칠 수 있다면?

청우 로열스는 전반기 막바지의 좋았던 분위기를 후반기에도 계속 이어나갈 수 있는 동력을 얻을 수 있는 셈이었다.

"양 팀 다 총력전을 펼칠 것이다. 순위 싸움도 순위 싸움이지만, 올스타 브레이크가 있기 때문에 전력을 아끼지 않을 거야."

박건이 수긍하며 고개를 끄덕였을 때였다.

"아마 포스트시즌 경기와 비슷할 거야."

이용운이 덧붙였다.

그런 그의 목소리가 살짝 상기되어 있는 것을 알아챈 박건이 물었다.

"무슨 좋은 일이라도 있으십니까?"

"좋은 일? 있지."

"어떤 좋은 일이 있습니까?"

"일단 오늘 경기가 무척 재밌을 것 같거든."

이용운의 대답을 들은 박건이 슬쩍 눈살을 찌푸렸다.

청우 로열스와 중앙 드래곤즈의 경기가 무척 재미있을 것 같다는 이용운의 평가.

일반인의 평가와는 조금 달랐다.

이용운이 방금 한 경기가 무척 재밌을 거라는 평가에는 독설을 날릴 기회가 많을 것이라는 의미가 내포되어 있었기 때문이었다.

'어느 쪽일까?'

청우 로열스와 중앙 드래곤즈.

두 팀 가운데 어느 팀이 더 못해서 이용운의 독설이 집중될까에 대해서 박건이 고민할 때였다.

"원래 총력전을 펼치면 약점이 더 도드라지게 드러나는 법이거든. 두고 봐라. 청우 로열스와 중앙 드래곤즈, 두 팀 모두 커다란 약점을 드러낼 테니까."

흥이 올라서 상기된 목소리를 내뱉던 이용운이 덧붙였다.

"그리고 기쁜 일이 하나 더 있다."

"또 뭡니까?"

"후배의 올스타전 출전이 무산된 것."

* * *

KBO 올스타전에 참가하는 선수를 뽑는 방식은 두 가지였다.

하나는 팬 투표, 나머지 하나는 감독 추천.

박건은 외야수 부문 팬 투표 순위에서 드림 팀 5위를 차지했다.

팬 투표 초반에 12위였다가 팬 투표 막바지 즈음에는 5위까지 순위가 상승했을 정도로 박건의 인기는 가파르게 치솟았다.

청우 로열스가 연승을 달리며 순위가 6위까지 치솟는 과정에서 강한 2번 타자로 꾸준한 활약을 펼친 박건에게 뒤늦게 팬들의 표가 몰린 것이었다.

'만약 투표 기간이 조금만 더 길었다면?'

드림 팀 외야수 부문 팬 투표 3위와 5위의 득표수 차이.

그리 크지 않았다.

팬 투표 기간이 조금만 더 길었다면 팬 투표 결과에서 역전하며 박건이 올스타전에 출전하는 것도 결코 불가능한 시나리오는 아니었다.

'아쉬워.'

박건이 아쉬운 기색을 못내 감추지 못하고 드러냈다.

사람의 마음이라는 게 참 간사했다.

한성 비글스 소속 선수였을 당시에는 1군 무대에 진입하는 것이 목표였다.

청우 로열스로 이적한 후에는 1군 붙박이 주전이 되는 것이 새로운 목표가 됐다.

그렇지만 막상 올스타 팬 투표에서 많은 표를 받게 되자, 올스타전에 꼭 출전해 보고 싶다는 욕심이 생겼다.

결국 올스타전 출전이 무산됐던 것이 박건은 무척 아쉬웠는데, 자칭 영혼의 파트너라고 주장하는 이용운은 박건의 올스타전 출전이 불발된 것을 기쁜 일이라고 표현했다.

'진짜 너무한 것 아냐?'

그로 인해 박건의 빈정이 상했을 때였다.

"표정이 왜 그래? 올스타전 출전이 무산된 게 많이 아쉬운가 보지?"

박건의 표정 변화를 확인한 이용운이 물었다.

"아쉽지 않다면 거짓말이겠죠."

박건이 대답하자, 이용운이 다시 물었다.

"올스타전에 출전하고 싶은 이유가 뭐지?"

"그야… 선수에게 큰 영예이니까요."

"기억도 못 할걸."

"네?"

"만약 후배가 올스타전에 출전했다고 가정해 보자. 어? 얼마 전까지 듣보잡이었던 박건이란 선수가 올스타전까지 출전해? 잠깐 사람들이 흥미를 느끼겠지. 그렇지만 말 그대로 잠깐일 뿐이다. 조금만 더 시간이 지나면 서서히 사람들의 기억 속에서 잊힐 거다. 그리고 그 후로 좀 더 시간이 흐르면 후배가 올스타전에 출전했다는 것을 기억하는 사람들은 아무도 없을 것이다."

박건이 고개를 끄덕여 수긍했다.

'작년 올스타전에 출전했던 드림 팀 좌익수가 누구지?'

방금 이용운이 꺼낸 말을 듣던 도중에 박건이 퍼뜩 떠올린 생각이었다.

그리고 박건은 스스로에게 한 질문에 대한 답을 찾아내지 못했다.

현직 프로야구선수인 박건이 이러한데 팬들은 더할 것이었다.

그뿐이 아니었다.

작년 올스타전 MVP로 선정된 선수가 누구인지도 기억이 나지 않았다.

그러니 박건이 KBO 올스타전에 출전한다고 하더라도, 사람들이 관심을 가지는 것은 아주 잠깐일 뿐이었다.

이용운의 말처럼 금세 그 사실을 잊어버릴 것이었다.

"괜히 잔뜩 들떠서 올스타전에 출전했다가 부상을 당하는 것보다는 차라리 이 기간에 푹 쉬면서 체력을 비축하는 편이 더 낫다."

"하지만……."

그럼에도 불구하고 못내 아쉬움이 남은 박건이 한숨을 내쉬었을 때였다.

"특히 후배에게는 더 휴식이 중요하다."

"왜 특히 제게 휴식이 중요한 겁니까?"

"거의 풀타임 시즌을 치르는 것은 이번이 처음이니까. 그래서 시즌 후반에 체력이 떨어지지 않도록 비축하는 게 중요하지."

일리가 있는 이야기라고 판단한 박건이 수긍했을 때였다.

"어떠냐? 이제 아쉬움이 좀 가셨지?"

"네."

"그럼 경기에 집중해. 오늘 경기에서 부진하면 내 독설을 귀가 아프도록 듣게 될 테니까."

"어련하겠……."

이용운이 독설을 날리는 것.

더 이상 새삼스러운 일도 아니었다.

그래서 무심코 대답하던 박건이 도중에 말을 멈추고 물었다.

"혹시 잠정 중단 됐던 '독한 야구' 방송이 재개되는 겁니까?"

이용운이 웃으며 대답했다.

"우리 후배도 '독한 야구'가 재개되길 많이 기다렸나 보군."

"많이는 아니지만……."

"곧 다시 시작할 것이다. 트레이드 마감 시한이 다가오고 있거든."

*　　　*　　　*

조던 픽스 VS 마이크 버라디노.

3차전은 양 팀 에이스들의 맞대결이 펼쳐졌다.

그래서일까.

활발한 타격전이 벌어졌던 지난 두 경기와 달리, 3차전은 팽팽한 투수전으로 경기가 진행됐다.

0—0.

0의 균형을 이룬 채, 경기는 6회 말로 접어들었다.

6회 말 청우 로열스의 공격은 9번 타자 김천수부터 시작이었다.

슈악.

딱.

김천수는 마이크 버라디노가 구사하는 위력적인 커터를 배트 중심에 전혀 맞추지 못했다.

배트 끝부분에 걸린 빗맞은 타구는 1루 쪽으로 굴러갔다.

1루수가 안정적으로 포구한 후, 베이스커버를 들어온 투수에게 송구해 김천수를 여유 있게 잡아내며 첫 번째 아웃카운트가 올라갔다.

1사 주자 없는 상황에서 1번 타자 고동수가 타석에 들어섰다.

지난 두 타석에서 모두 내야땅볼로 물러났던 고동수는 세 번째 타석에서 마이크 버라디노와의 승부를 신중하게 가져갔다.

2볼 2스트라이크.

슈악.

딱.

고동수는 마이크 버라디노가 유인구로 던진 슬라이더를 간신히 커트해 내는 데 성공했다.

이어진 6구째 슬라이더 역시 가까스로 커트해 낸 고동수가 타석에서 잔뜩 웅크렸다.

유인구로 헛스윙을 유도하는 것이 쉽지 않다고 판단한 걸까.

슈아악.

마이크 버라디노는 7구째 몸쪽 직구를 던졌다.

또다시 유인구가 들어올 것을 예상하고 있었던 고동수는 허를 찔린 탓에 배트도 내밀어보지 못했다.

파앙.

148㎞의 구속으로 전광판에 찍힌 몸쪽 직구가 홈플레이트를 통과해서 포수 배순규의 미트에 꽂혔다.

루킹삼진을 확신한 마이크 버라디노가 주먹을 불끈 움켜쥐었다.

포수인 배순규 역시 루킹삼진을 확신하고 벌떡 일어나서 3루 방면으로 공을 던지려다가 멈칫했다.

주심의 스트라이크 콜이 들리지 않았기 때문이었다.

마이크 버라디노와 배순규는 7구째 공이 몸쪽 높은 코스의 스트라이크존을 통과했다고 확신했지만, 주심의 판단은 달랐다.

조금 높았다고 판단한 주심은 볼을 선언했다.

"Why?"

마이크 버라디노가 모자를 거칠게 벗으면서 주심의 볼 판정에 불만을 표출했다.

그러나 불만을 표출하고 항의를 한다고 하더라도 주심이 한번 내린 판정은 바뀌지 않았다.

그 사실을 잘 알고 있는 마이크 버라디노가 분한 표정으로 벗었던 모자를 다시 눌러쓴 후 다음 투구를 준비했다.

풀카운트에서 마이크 버라디노가 고동수를 상대로 8구째 공을 던졌다.

슈악.

그가 선택한 구종은 커터였다.

낮은 코스의 스트라이크존을 통과할 것처럼 보이다가 마지막 순간 살짝 아래쪽으로 떨어지는 마이크 버라디노의 커터는 무척 위력적이었다.

청우 로열스 타자들은 배트 중심에 전혀 맞히지 못하고 있었고, 고동수 역시 지난 두 타석에서 커터를 공략하다가 모두 범타로 물러났었다.

이번 역시 고동수의 배트가 딸려 나왔다.

그렇지만 그는 마지막 순간, 가까스로 배트를 멈춰 세웠다.

"볼넷."

주심은 배트가 돌지 않았다고 판단하며 볼넷을 선언했다.

배순규가 재빨리 3루심을 손으로 가리켰다.

마이크 버라디노와 배순규는 고동수의 배트가 돌았다고 확신했지만, 3루심은 양팔을 벌리며 배트가 돌지 않았다고 선언했다.

1사 1루.

고동수가 볼넷을 얻어서 1루에 출루한 순간, 박건이 크게 숨을 내쉬며 타석을 향해 걸어갔다.

'어떻게 공략해야 할까?'

박건의 머릿속이 복잡해졌을 때였다.

"움직임이 없군."

이용운이 말했다.

"무슨 움직임이 없다는 겁니까?"

"중앙 드래곤즈 벤치 말이다. 마이크 버라디노가 주심의 볼 판정 때문에 흥분했는데도, 전혀 움직임이 없어."

그 이야기를 들은 박건이 마이크 버라디노를 힐끗 살폈다.

주심의 석연찮은 볼 판정으로 인해 결과적으로 고동수에게 볼넷을 허용했다고 생각해서일까.

억울한 기색이 가득한 마이크 버라디노의 얼굴은 벌겋게 상기되어 있었다.

그가 무척 흥분했다는 증거.

그렇지만 박건이 반론을 펼쳤다.

"아직 득점권에 주자가 나간 것도 아닌데, 마운드를 방문하는 건 너무 이르다고 판단하지 않았을까요?"

"물론 그런 면이 없지 않아 있겠지. 그래도 양우석 감독은 마운드를 방문했어야 했다."

"왜입니까?"

"오늘 경기는 한 점 승부가 될 확률이 아주 높거든. 불안 요소는 최대한 빨리 대처하며 없애는 것이 필요했어."

이용운이 설명을 마친 후 덧붙였다.

"마이크 버라디노와의 승부를 길게 가져가자. 1루 주자인 고동수가 흥분 상태인 배터리를 흔들 기회를 줘야 하니까."

적절한 조언이라고 판단한 박건이 천천히 고개를 끄덕이며 타격자세를 취했다.

슈아악.

마이크 버라디노가 던진 초구는 바깥쪽 직구.

그러나 공 반 개 정도 빠졌다고 판단한 주심은 볼을 선언했다.

스타트를 끊었던 고동수가 천천히 1루로 귀루했다.

마이크 버라디노가 그런 고동수를 매섭게 노려보다가 다시 투구 준비에 돌입했다.

슈악.

고동수가 다시 1루 베이스와의 거리를 벌리기 시작했을 때, 마이크 버라디노가 견제구를 던졌다.

"세이프."

1루심이 세이프를 선언한 순간, 이용운이 말했다.

"이번에 뛸 거야."

고동수는 벤치의 지시 없이 도루를 시도할 수 있는 그린라이트 권한을 부여받은 선수였다. 언제 도루를 시도한다고 해도 크게 이상할 것은 없었다.

그럼에도 불구하고 박건은 이용운이 방금 한 예측에 의문을 품었다.

힐끗 살핀 고동수의 리드 폭이 크지 않았기 때문이었다.

"이번에 도루를 시도한다고 보기에는 리드 폭이 너무……."

"리드 폭이 너무 작다?"

"네, 다시 견제구가 들어올 것을 대비해서 리드 폭을 줄였습니다. 그런데 이번에 도루를 시도한다는 건……."

"저거 연기야."

"네?"

"아까 마이크 버라디노가 던졌던 견제구에 깜짝 놀랐다. 그래서 겁을 먹고 리드 폭을 줄였다. 지금 고동수는 중앙 드래곤즈 배터리의 방심을 유도하기 위해서 나름대로 필사의 연기를 펼치고 있는 거야. 그리고 고동수는 잘 알고 있어. 도루를 성공시키기 위해서는 리드 폭을 더 늘리는 것보다 투수의 타이밍을 빼앗는 게 더 중요하다는 것을. 그러니까 이번에 무조건 배트를 휘둘러. 고동수를 도와줘야지."

슈악.

마이크 버라디노가 2구째 공을 던졌다.

타다닷.

그 순간, 이용운이 했던 예상대로 고동수가 스타트를 끊었다.

부우웅.

박건이 힘껏 휘두른 배트가 허공을 갈랐다.

포수인 배순규가 포구하자마자, 벌떡 일어나 2루로 송구했다.

아슬아슬한 타이밍.

그러나 배순규가 2루로 던진 송구가 조금 높게 들어간 탓에 태그까지 걸리는 시간이 길었다.

"세이프."

2루심이 세이프를 선언한 순간, 배순규가 고개를 떨궜다.

팡. 파앙.

마이크 버라디노는 주먹으로 글러브를 강하게 때리며 아쉬움을 표출했다.

고동수가 도루를 성공시키며 1사 2루로 상황이 바뀌었다.

1볼 1스트라이크 상황에서 마이크 버라디노가 3구째 공을 던졌다.

슈악.

'커터? 낮다?'

박건 역시 마이크 버라디노의 커터를 계속 의식하고 있었다. 그렇지만 이번에 마이크 버라디노가 던진 커터는 많이 낮은 편이었다.

투구 동작에서 힘이 너무 들어갔기 때문이었다.

'볼이야.'

박건이 판단을 마치고 배트를 도중에 멈춰 세웠다.

툭.

원바운드로 들어온 커터를 포구하기 위해서 배순규가 미트를 세우며 갖다 댔다.

툭. 데구르르.

그러나 배순규는 포구에 실패했다.

미트 끝부분을 맞고 방향이 바뀐 공이 바닥을 구르기 시작했다.

타다닷.

포수의 미트를 맞고 흐른 공이 멀리 굴러간 것은 아니었다.

그렇지만 고동수는 빠르게 판단을 내리고 3루로 내달렸다.

배순규가 포수마스크를 벗고 달려가 공을 잡은 후, 3루로 송구하기 위해서 자세를 취했다가 포기했다.

2루 주자인 고동수를 3루에서 아웃시키기에는 타이밍이 너무 늦었다고 판단했기 때문이었다.

폭투로 인해 1사 3루로 상황이 또 한 번 바뀐 순간, 마이크 버라디노의 얼굴이 더욱 벌겋게 달아올랐다.

손에 들고 있던 로진백을 거칠게 바닥에 내던진 마이크 버라디노가 이를 악물고 4구째 공을 던졌다.

슈악.

따악.

박건이 마이크 버라디노의 바깥쪽 슬라이더를 가볍게 밀어 쳤다.

'키를 넘겨라.'

쭉쭉 뻗어 나간 타구가 열심히 쫓아간 우익수의 키를 살짝 넘기고 떨어지기를 바랐는데.

끝까지 포기하지 않고 타구를 쫓아가서 점프캐치를 시도한 우익수가 높이 들어 올린 글러브 속으로 타구가 들어갔다.

'호수비에 걸렸어.'

타구가 잡힌 것을 확인한 박건이 못내 아쉬운 기색을 드러낸 순간, 3루 주자인 고동수가 태그업을 시도했다.

타다닷.

고동수가 여유 있게 홈으로 들어오며 청우 로열스가 선취점을 올렸다.

1—0.

마침내 0의 균형이 깨졌다.

제2장

7회 초 중앙 드래곤즈의 공격.

2번 타자 김명구부터 공격이 시작됐다.

슈악.

부웅.

풀카운트 승부 끝에 조던 픽스가 체인지업을 던져서 김명구를 헛스윙 삼진으로 돌려세웠다.

"역시 잘 던지네요."

조던 픽스가 투구하는 모습을 지켜보던 박건이 감탄했다.

8승 2패. 방어율 2.39.

올 시즌 조던 픽스의 성적이었다.

그는 청우 로열스의 에이스 역할을 충실하게 해내고 있었다.

"잘 던지기는 하지만, 불안 요소가 있다."

이용운 역시 조던 픽스의 오늘 투구가 훌륭하다는 데 이견이 없었다. 그렇지만 그는 조던 픽스에게 불안 요소가 존재한다고 말했다.

"어떤 불안 요소요?"

"투구수가 너무 많다."

그 이야기를 들은 박건이 전광판 쪽으로 고개를 돌렸다.

93개.

6과 1/3이닝을 무실점으로 틀어막고 있는 조던 픽스가 오늘 경기에서 던진 공의 개수였다.

이용운의 지적처럼 조던 픽스의 투구수는 평소보다 많은 편이었다.

그때, 이용운이 덧붙였다.

"조던 픽스의 투구수가 늘어난 것은 우연이 아니다. 아마 중앙 드래곤즈의 양우석 감독이 선수들에게 조던 픽스의 투구수를 늘리라는 지시를 내렸을 것이다. 조던 픽스를 상대로 쉽게 득점을 뽑아내기는 어렵다. 차라리 조던 픽스를 마운드에서 일찍 내려가게 만들고 난 후에 승부를 보자. 양우석 감독은 이런 계산을 했을 가능성이 높거든."

그 이야기를 들은 박건이 천천히 고개를 끄덕였다.

가만히 되짚어보니, 조던 픽스는 오늘 경기에서 유난히 중앙 드래곤즈 타자들과 풀카운트 승부를 펼친 적이 많았다.

양우석 감독의 지시를 받은 중앙 드래곤즈 타자들이 최대한 신중하게 조던 픽스와 승부 했기 때문이다.

그때였다.

"볼넷."

역시 풀카운트 승부를 펼치던 중앙 드래곤즈의 3번 타자 장윤철이 볼넷을 얻어서 1루로 걸어 나갔다.

1사 1루 상황에서 타석에는 닉 짐머맨이 들어섰다.

어느덧 백 개에 가까워진 조던 픽스의 투구수를 확인한 한창기 감독이 불펜투수들을 준비시키기 시작했다.

'이번 이닝까지.'

박건이 이렇게 판단했다. 그리고 조던 픽스도 같은 생각을 한 듯 이를 악물고 전력투구를 펼쳤다.

슈악.

따악.

조던 픽스가 던진 4구째 슬라이더를 닉 짐머맨이 힘껏 잡아당겼다.

배트 중심에 잘 맞은 타구였지만, 코스가 좋지 않았다.

3루 간으로 향하는 타구.

조금 깊은 타구였지만, 유격수가 충분히 처리할 수 있는 타구였다.

청우 로열스의 유격수인 구창명이 역동작으로 타구를 처리하며 더블플레이를 만들기 위한 준비를 시작했다.

그러나 너무 서둘러서일까.

글러브 속에 한 번에 타구를 넣지 못하고 공을 떨어뜨렸다.

'글러브를 너무 일찍 닫았어.'

구창명이 수비하는 모습을 지켜보던 박건이 아쉬움을 드러냈다.

'더블플레이를 만들기 위해서는 송구를 서둘러야 한다.'

이런 생각이 너무 강해서 서두르다 보니 글러브를 너무 일찍 닫아버린 것이었다.

재빨리 바닥에 떨어진 공을 다시 집어 든 구창명이 2루로 송구했다.

그렇지만 이번에는 송구가 너무 높았다.

2루수인 고동수가 점프캐치를 시도했지만, 구창명의 송구는 고동수의 키를 살짝 넘겼다.

악송구가 나온 사이, 두 명의 주자들이 한 베이스씩 더 진루했다.

원래라면 더블플레이가 만들어지면서 이닝이 끝났어야 하는 상황.

그렇지만 구창명의 송구 실책이 나오면서 1사 2, 3루로 상황이 바뀌었다.

청우 로열스 입장에서는 최악의 결과.

송구 실책을 범한 구창명이 망연자실한 표정을 짓고 있는 모습을 박건이 바라보고 있을 때, 이용운이 상기된 목소리로 소리쳤다.

"그래. 이거지."

*　　　*　　　*

1—0.

한 점 차의 살얼음판 리드가 이어지는 중에, 구창명의 송구 실책으로 인해 결정적인 실점 위기가 찾아왔다.

동점 내지 역전을 허용할 수 있다는 위기감을 느낀 한창기 감독이 직접 통역을 대동하고 마운드를 방문했다.

"정말 청우 로열스에 애정이 있는 것, 맞습니까?"

그사이, 박건이 의심쩍은 표정으로 이용운에게 물었다.

박건이 이런 의심을 품은 이유는 조금 전 구창명이 송구 실책을 범했을 때, 이용운이 보였던 반응 때문이었다.

"그래. 이거지."

이 말을 꺼내던 이용운의 목소리는 잔뜩 상기되어 있었다. 그리고 잔뜩 신이 난 것처럼 느껴졌다.

구창명의 송구 실책이 나오면서 청우 로열스는 1사 2, 3루의 결정적인 실점 위기를 맞게 된 셈이었는데, 안타까워하는 대신 오히려 기뻐하는 이용운의 반응을 확인하고 나니 당연히 이런 의심이 든 것이었다.

"물론 애정이 있다."

이용운이 대답했지만, 박건은 순순히 믿기 힘들었다.

"그런데 왜 구창명 선배의 실책이 나왔을 때, 기뻐한 겁니까?"

"기뻐할 만했으니까."

"네?"

"말 그대로다. 구창명이 결정적인 순간에 실책을 범하기를 내심 기다리고 있었다."

지금 이용운이 하고 있는 말이 제대로 이해가 가지 않았다.

그래서 박건이 황당한 표정을 짓고 있을 때였다.

"내 말이 잘 이해가 안 가나 보지?"

"솔직히 그렇습니다."

"그럴 줄 알았다."

"……?"

"봉황의 깊은 뜻을 참새가 알 리가 없으니까."

'또 봉황과 참새 타령이네.'

박건이 슬쩍 미간을 찌푸리며 언성을 높였다.

"봉황의 깊은 뜻이 대체 뭡니까?"

"알고 싶냐?"

"솔직히 말해보시죠. 봉황의 깊은 뜻이라는 게 진짜 있기는 한 겁니까?"

"나는 거짓말을 하지 않는다. 그보다 나도 궁금한 게 있다."

"뭡니까?"

"봉황이 어떤 새인지 알고 있긴 하냐?"

박건의 말문이 일순 막혔다.

봉황이란 새 이름.

자주 듣기는 했는데, 막상 어떤 새인지는 알지 못했기 때문이었다.

"모르지?"

"본 적이 있긴 한 것 같은데."

"어디서 봤는데?"

"동물원?"

"뻥치고 있네."

박건이 자신 없는 목소리로 동물원이라고 대답하자마자, 이용운이 핀잔을 건넸다.

"왜 뺑이라고 생각하시는 겁니까?"

"후배는 봉황을 본 적이 없으니까."

"그걸 어떻게 확신하시는 겁니까?"

"봉황은 실존하는 새가 아니거든."

'쩝, 그래서 내가 한 번도 못 본 거구나.'

박건이 입맛을 다셨을 때, 이용운이 다시 핀잔을 건넸다.

"실존하지도 않는 봉황을 봤다? 구라도 적당히 쳐야지."

"착각했습니다."

"착각 같은 소리 하고 있네."

박건의 변명을 단칼에 자른 이용운이 봉황에 대해 설명했다.

"봉황은 중국인들이 신성시했던 상상의 새로 기린과 거북, 용과 함께 사령의 하나로 여겨졌던 새다."

'유식하긴 해.'

박건이 감탄했을 때, 이용운의 이야기가 이어졌다.

"상서롭고 아름다운 상상의 새인 봉황은 큰 그림을 그린다. 이번 한 경기가 아니라, 청우 로열스의 올 시즌 전체를 보고 있는 거지."

"말은 참……."

"해설위원답게 잘한다고?"

"번지르르하시네요."

박건이 대답하자, 이용운이 픽 웃으며 대답했다.

"칭찬으로 들으마."

"칭찬 아닌데……."

"기왕 칭찬을 들은 김에 봉황의 깊은 뜻을 알려주마. 청우 로열스가 우승하기 위해서는 구창명을 버려야 한다."

'구창명 선배를… 버려야 한다고?'

박건이 놀란 표정을 지었다.

전혀 예상하지 못했던 이야기였기 때문이었다.

'왜 하필 구창명 선배일까?'

구창명은 청우 로열스의 주전 유격수 겸 6번 타자였다.

수비 부담이 큰 유격수 포지션을 맡고 있다는 점을 감안하면 구창명은 타격 능력이 뛰어난 편이었다.

2할 7푼대의 타율을 유지하고 있었고, 올 시즌 전반기에 11개의 홈런을 기록했을 정도로 장타력도 갖춘 편이었다.

타격 능력에 비해서 불안한 수비가 약점으로 지적되긴 했지만, 올 시즌에 접어든 후 구창명은 이전 시즌들에 비해서 훨씬 나아진 수비 능력을 보여주고 있었다.

수비 불안이란 약점도 어느 정도 보완했기에 KBO 리그 내에서도 상위권에 속하는 유격수인 구창명을 버려야 한다는 방금 이용운의 주장을 박건은 이해할 수 없었다.

그때, 이용운이 다시 입을 뗐다.

"내가 엑스맨 리스트를 업데이트하겠다고 말했던 것, 기억하냐?"

"물론 기억합니다."

'독한 야구' 방송 중에 이용운은 꾸준히 청우 로열스 내에서 암약하고 있는 엑스맨 리스트를 업데이트하겠다고 밝혔었다.

즉, 앤서니 쉴즈와 백선형 이후에도 엑스맨 역할을 하고 있는 청우 로열스 소속 선수를 알려주겠다고 약속했다.

그렇지만 이용운은 '독한 야구' 방송 중에 했던 그 약속을 지키지 않았다.

더 이상 엑스맨 리스트를 업데이트하지 않았으니까.

"내가 그 후에 왜 엑스맨 리스트를 업데이트하지 않았는지 아느냐?"

"정확한 이유는 모르겠습니다. 그렇지만… 짐작이 가는 것은 있습니다."

"짐작 가는 이유가 무엇이냐?"

"더 이상 엑스맨이 존재하지 않는 것 아닙니까?"

앤서니 쉴즈와 백선형.

두 선수가 더 이상 엑스맨 역할을 하지 않게 된 후, 청우 로열스는 가파른 상승세를 탔다.

한때 리그 최하위였던 순위가 리그 6위까지 치솟은 것이 청우 로열스가 좋은 팀이 됐다는 증거였다.

그래서 박건이 대답했지만, 이용운은 틀렸다고 말했다.

"여전히 엑스맨은 존재한다."

"그런데 왜 엑스맨의 정체를 '독한 야구' 방송에서 밝히지 않았습니까?"

"애매했거든."

"……?"

"일전에 백선형이 애매한 엑스맨이라고 말했었지. 그런데 구창명은 백선형보다 더 애매한 케이스였다. 그래서 적당한 때가 찾아오길 기다리고 있었다."

"그 적당한 때가 지금이란 겁니까?"

"맞다. 아까 구창명이 결정적인 송구 실책을 범했던 것을 너도 보지 않았느냐?"

물론 박건도 구창명이 실책을 범하는 것을 봤다. 그리고 구창명이 조금 전에 범했던 실책은 치명적이었다.

그 실책으로 인해 청우 로열스가 한 점 차의 살얼음판 리드를 잃어버리게 될 가능성이 무척 높아졌으니까.

그렇지만 오랜만에 범한 실책 하나일 뿐이었다.

실책 하나 범했다고 해서 구창명의 이름을 엑스맨 리스트에 올리는 것도, 또, 그를 버려야 한다는 이용운의 주장도 너무 과하다는 생각이 들었을 때였다.

"전혀 과하지 않다."

이용운이 말했다.

또 한 번 이용운에게 속내를 정확하게 읽힌 셈이었지만, 이제는 놀랍거나 새삼스럽지도 않았다.

오히려 이용운이 과하지 않다고 말하는 이유가 궁금할 뿐이었다.

"왜 과하지 않다는 겁니까?"

"오히려 내가 묻고 싶은 말이다."

"……?"

"왜 과하다고 생각하느냐?"

"그야… 어쩌다 범한 실책일 뿐이니까요. 그리고 구창명 선배는 올 시즌 본인의 커리어하이 시즌을 보낼 가능성이 높을 정도로 훌륭한 경기력을 보이고 있으니까요."

박건이 조목조목 반박한 순간, 이용운이 입을 뗐다.

"하나는 맞고, 하나는 틀렸다."

"뭐가 맞고 뭐가 틀렸다는 겁니까?"

"구창명이 올 시즌 본인의 커리어하이 시즌을 보내고 있는 것은 부인할 수 없는 팩트이다. 그렇지만 거기서 문제가 발생했다."

이용운의 대답을 들은 박건이 고개를 갸웃했다.

'무슨 문제가 생겼다는 거지?'

구창명이 올 시즌에 본인의 커리어하이 시즌을 보내고 있다는 사실은 조금 전 이용운도 인정했다.

'잘해도 문제야?'

그래서 박건이 불만을 품었을 때, 이용운이 말했다.

"잘해서 문제라는 게 아니다."

"그럼요?"

"너무 잘하려고 해서 문제지."

"너무 잘하려고 해서 문제라고요?"

박건이 반문한 순간, 이용운이 다시 물었다.

"FA로이드란 말은 알지?"

*　　　　*　　　　*

FA로이드는 FA와 스테로이드가 합쳐진 신조어였다.

FA, 즉 자유계약선수가 되기 직전 시즌에 마치 프로선수들에게 금지되어 있는 약물인 스테로이드를 맞은 것처럼 각성한다고 해서 생긴 용어.

'구창명 선배도 올 시즌이 끝나면 FA 신분이 되는구나.'

이용운이 FA로이드라는 단어를 입에 올린 덕분에 구창명이 올 시즌이 지나면 FA가 된다는 사실을 박건이 떠올렸을 때였다.

"구창명이 올 시즌에 접어든 후 현재까지 커리어하이 시즌을 보내고 있는 이유는 흔히 FA로이드라고 부르는 약발 때문이다. FA 직전 시즌인 올 시즌에 최고의 활약을 펼쳐서 몸값을 올리자. 이런 욕심을 품고 있기 때문에 그동안 잘한 거지."

이용운이 지적하는 것을 들은 박건이 반박했다.

"그게 문제가 될 게 있습니까?"

FA 대박을 터뜨리는 것.

프로야구선수라면 누구나 갖고 있는 욕심이었다.

그러니 FA로이드 때문에 구창명이 올 시즌에 훌륭한 활약을 펼친다고 해서 문제가 될 것은 전혀 없었다.

"문제가 된다."

"왜요?"

이용운이 대답했다.

"구창명의 경우 약발이 일찍 떨어졌거든."

'약발이 일찍 떨어졌다?'

이용운이 한 말을 박건이 속으로 되뇔 때였다.

"12승 3패. 청우 로열스가 지난 15경기에서 거둔 성적이다. 비록 잠깐이긴 하지만 지난 15경기의 성적만 놓고 보면 리그 전체 1위에 올랐을 정도로 호성적이었지. 그리고 호성적은 약점을 가리는 법이다."

"약점을 가린다는 게 무슨 뜻입니까?"

"FA로이드 약발이 떨어진 구창명은 청우 로열스가 호성적을 거두는 동안 수비 실책이 부쩍 늘어났다. 지난 열다섯 경기에서 무려 네 개의 실책을 범했지. 또, 그 기간 동안 타율도 2할대 초반에 불과했다. 그렇지만 청우 로열스가 계속 승리를 거뒀기 때문에 구창명의 수비 실책이 늘어난 것과 타석에서의 부진이 크게 눈에 띄지 않았던 거지."

박건의 표정이 굳어졌다.

이용운은 팩트를 근거로 주장을 펼치는 상황.

그래서 마땅히 반박할 말을 찾기 어려웠다.

"올스타 브레이크를 거치는 동안 푹 휴식을 취하면서 체력을 회복하고 나면, 구창명 선배가 다시 예전의 모습을 보일 수도 있지 않겠습니까?"

잠시 후, 박건이 조심스럽게 말했지만, 이용운은 단호했다.

"불가능해."

"왜 불가능하다는 겁니까?"

"구창명이 올스타전에 출전하거든."

청우 로열스에서는 두 명의 선수가 올스타전 출전이 확정됐다.

바로 조던 픽스와 구창명이었다.

그 사실을 깜박 잊고 있었던 박건의 표정이 심각해졌다.

'축하할 일이 아니구나.'

박건은 구창명이 올스타전에 출전하는 것이 부러웠다.

또, 그의 올스타전 출전을 진심으로 축하하는 마음이었다.

그러나 지금은 생각이 바뀌었다.

어쩌면 구창명의 올스타전 출전이 축하할 일이 아닐 수도 있다는 생각이 들었기 때문이었다.

그때, 조던 픽스를 안정시키기 위해서 마운드를 방문했던 한창기 감독이 더그아웃으로 돌아가며 경기가 재개됐다.

1사 2, 3루 상황에서 중앙 드래곤즈의 5번 타자 유민상이 타석에 들어섰다.

슈악.

따악.

조던 픽스의 5구째 슬라이더를 공략한 유민상의 타구는 중견수 정면으로 날아갔다.

원래 수비위치에서 약 5미터가량 뒤로 물러난 중견수 이필교가 타구를 잡아내는 데 성공했다.

타다닷.

그사이 3루 주자 장윤철이 태그업을 시도해 여유 있게 홈으로 들어왔다.

1—1.

경기의 균형이 다시 맞춰졌다.

동점을 허용하지 않기 위해서 삼진을 노렸던 걸까.

유민상에게 희생플라이를 허용한 조던 픽스가 실망한 표정을 지었다.

송구 실책을 범해서 실점의 빌미를 허용했던 구창명은 고개를 아래로 푹 떨구고 있었다.

슈아악.

부웅.

심기일전한 조던 픽스는 2사 2루 상황에서 6번 타자 마경운에게 강속구를 던져서 헛스윙 삼진으로 돌려세웠다.

이번 이닝이 마지막이란 사실을 직감해서일까.

더 이상의 실점을 허용하지 않고 헛스윙 삼진으로 이닝을 마무리했음에도 불구하고, 조던 픽스는 아쉬운 기색으로 더그아웃을 향해 걸음을 옮겼다.

* * *

9회 말, 청우 로열스의 공격.

선두타자는 박건이었다.

마운드에 서 있는 것은 중앙 드래곤즈의 마무리투수인 홍시후.

'조금 이르다?'

타석에 들어서기 전, 박건이 퍼뜩 떠올린 생각이었다.

박장진과 김방헌.

중앙 드래곤즈가 자랑하는 두 명의 필승조였다. 그리고 양우석 감독은 두 명의 필승조를 일찍 소진했다.

7회 말을 박장진에게 맡겼고, 8회 말에 올린 김방헌이 첫 타자를 외야플라이로 잡아내자마자 바로 마무리투수인 홍시후를 마운드에 올렸다.

평소보다 한 박자 빨리 마무리투수인 홍시후를 마운드에 올린 셈이었다.

"지금 마무리투수인 홍시후가 너무 일찍 마운드에 올라왔다고 생각하는 거지?"

그때, 이용운이 물었다.

"혹시 도청 장치라도 단 겁니까?"

"도청 장치?"

"내 머릿속 생각이 들리는 도청 장치 말입니다."

"후배가 머릿속으로 하는 생각을 알아내는 데 도청 장치 따윈 필요 없다."

"왜요?"

"하얗거든."

"……?"

"머리가 백지처럼 하얗다는 뜻이다. 그래서 무슨 생각을 하고 있는지 다 보인다."

"지금 욕하신 거죠?"

"순수하다고 칭찬한 거다."

'진짜… 칭찬 맞아?'

박건이 고개를 갸웃할 때, 이용운이 화제를 돌렸다.

"양우석 감독이 홍시후를 평소보다 일찍 마운드에 올린 이유는 오늘 경기에서 총력전을 펼칠 각오를 하고 있기 때문이다. 마크 스튜어트가 아까부터 불펜에서 몸을 풀기 시작한 게 그 증거다."

마크 스튜어트는 중앙 드래곤즈의 2선발을 맡고 있는 외국인 투수.

양우석 감독은 일찌감치 연장전을 대비해서 마크 스튜어트를 마운드에 올릴 계산을 하고, 투수 교체 타이밍을 빠르게 가져간 것이었다.

"홍시후는 철저하게 바깥쪽 승부를 펼칠 것이다."

홈런을 허용하면 그대로 경기가 끝나는 상황.

이용운의 지적처럼 홍시후는 장타를 의식해서 철저하게 바깥쪽 승부를 펼칠 가능성이 높았다.

슈악.

딱.

초구로 들어온 바깥쪽 슬라이더는 박건의 배트 끝에 걸리며 파울이 됐다.

"볼."

"볼."

2구와 3구로 들어온 바깥쪽 직구와 슬라이더를 박건이 잘 참아내며 볼카운트는 2볼 1스트라이크로 바뀌었다.

그리고 4구째.

슈악.

홍시후는 바깥쪽 체인지업을 선택했다.

따악.

체인지업이 들어오기를 내심 기다리고 있던 박건이 힘껏 배트를 휘둘렀다.

'넘어갔다.'

배트에 공이 맞는 순간, 박건이 확신을 가졌다.

천천히 1루로 뛰어가던 박건이 타구의 궤적을 눈으로 좇았다.

박건의 예상대로 타구는 펜스를 살짝 넘겼다. 그렇지만 간발의 차로 폴대를 벗어나며 홈런이 아닌 파울이 선언됐다.

하마터면 패전투수가 될 위기에 몰렸던 홍시후가 안도의 한숨을 내쉬었다.

반면 박건은 아쉬운 기색을 감추지 못한 채 타석으로 돌아왔다.

'타이밍이 조금 빨랐어. 한 번만 더 체인지업이 들어오면 완벽하게 타이밍을 맞출 자신이 있어.'

박건이 배트를 고쳐 쥐고 다시 집중하기 시작할 때, 홍시후가 와인드업을 했다.

슈아악.

5구째로 홍시후가 선택한 구종은 직구.

그리고 코스는 몸쪽이었다.

파앙.

홍시후가 철저하게 바깥쪽 승부를 펼칠 것이라 확신했던 박건은 몸쪽 승부를 아예 배제하고 있었다. 그래서 147㎞의 구속이 찍힌 몸쪽 직구가 파고든 순간, 배트를 내밀어보지도 못하고 지켜보았다.

"스트라이크아웃."

'당했다.'

꼼짝없이 당했다는 생각과 함께 박건이 고개를 절레절레 흔들며 더그아웃으로 터벅터벅 걸음을 옮겼다.

*　　　*　　　*

연장으로 접어든 승부.

11회 초에도 라이언 벤슨이 마운드로 올라왔다.

10회 초부터 마운드를 지켰던 라이언 벤슨은 세 타자를 삼자범퇴로 가볍게 돌려세웠다. 그리고 라이언 벤슨의 기세는 11회 초에도 이어졌다.

1번 타자와 2번 타자를 삼진과 외야플라이로 잡아내며 손쉽게 두 개의 아웃카운트를 잡아냈다.

2사 주자 없는 상황에서 타석에 들어선 것은 3번 타자 장윤철.

슈악.

따악.

라이언 벤슨의 커브를 노려 때린 장윤철의 타구는 크게 바운드를 일으키며 3루 간으로 향했다.

조금 깊은 코스의 타구였지만, 유격수인 구창명이 충분히 처리할 수 있다고 판단했는데.

타구를 잘 쫓아가는 데까지는 성공했지만, 구창명의 글러브가 조금 높았다.

글러브 아래로 타구가 빠져나가는, 일명 알까기가 나오면서 장윤철은 출루에 성공했다.

송구 실책에 이어 오늘 경기에서만 두 번째 실책을 저지른 구창명이 재차 고개를 떨궜다.

박건이 그 모습을 지켜보고 있을 때, 이용운이 입을 뗐다.

"체력만 방전된 게 아니라 멘탈도 나갔다."

유격수 포지션은 내야 수비의 핵심이라 할 수 있었다.

그런 구창명이 한 경기에서 두 개의 실책을 범한 상황이었다.

더구나 그 두 개의 실책 모두 경기 양상이 팽팽하게 진행되는 가운데 실점의 빌미를 허용할 수 있는 실책이었다.

구창명이 자신감을 잃고 허둥대는 것은 어쩌면 당연한 일이었다.

2사 1루 상황에서 타석에는 4번 타자 닉 짐머맨이 들어섰다. 그리고 닉 짐머맨은 구창명의 실책으로 인해 동요한 라이언 벤슨의 실투를 놓치지 않았다.

따악.

닉 짐머맨의 배트 중심에 걸린 타구가 쭉쭉 뻗어 나갔다.

박건이 펜스 앞까지 열심히 쫓아갔지만, 타구를 잡아내기에는 역부족이었다.

툭.

닉 짐머맨이 때린 타구가 외야 펜스를 훌쩍 넘기고 떨어졌다.

*　　　*　　　*

1—3.

두 점 뒤진 채로 접어든 청우 로열스의 11회 말 공격.

1사 주자 없는 상황에서 한창기 감독은 9번 타자 김천수를 빼고 대타자 정준수를 내세웠다.

그리고 정준수는 마크 스튜어트를 상대로 끈질길 승부를 펼쳤다.

슈악.

딱.

풀카운트에서 마크 스튜어트의 바깥쪽 직구를 커트해 내는 정준수의 모습을 박건이 지켜보고 있을 때였다.

"변수가 발생할 가능성이 높다."

이용운이 말했다.

"어떤 변수요?"

"배순규라는 변수."

"……?"

"청우 로열스에 구창명이라는 엑스맨이 있다면, 중앙 드래곤즈에는 배순규라는 출중한 엑스맨이 존재하거든."

'출중한 엑스맨?'

어딘가 어울리지 않는 표현이란 생각을 하던 박건이 고개를 흔들었다.

지금 그게 중요한 게 아니었기 때문이었다.

'배순규가 중앙 드래곤즈의 엑스맨이란 거지.'

박건의 시선이 배순규에게로 향했을 때였다.

슈악.

마크 스튜어트가 8구째로 포크볼을 던졌다

부웅.

대타자로 출전해서 타석에서 집중력을 발휘하고 있던 정준수도 홈플레이트 앞에서 뚝 떨어지는 포크볼을 커트해 내는 데는 실패했다.

그대로 헛스윙 삼진으로 끝날 것 같았던 승부.

그런데 이용운의 예상대로 변수가 발생했다.

포수인 배순규가 포크볼을 포구하는 데 실패했기 때문이었다.

배순규가 공을 뒤로 빠뜨리며 스트라이크 낫아웃 상황이 됐다.

전력 질주 한 정준수가 1루를 통과하면서 청우 로열스에 추격할 수 있는 마지막 기회가 찾아왔다.

한창기 감독은 정준수를 빼고 대주자인 백해일을 1루 주자로 기용했다.

따악.

1사 1루 상황에서 타석에 등장한 고동수는 1, 2루 간을 꿰뚫는 깔끔한 우전안타를 터뜨렸다.

1사 1, 3루.

동점 주자가 루상에 포진한 상황에서 박건이 타석에 들어섰다.

'초구를 노린다.'

고동수가 리드 폭을 서서히 늘리는 것을 살핀 후, 마크 스튜어트가 세트포지션 투구를 했다.

바깥쪽 직구가 들어온 순간, 박건이 힘껏 배트를 휘둘렀다.

틱.

딱.

그렇지만 박건이 때린 타구는 정타가 되지 못했다.

타격음이 만들어지기 전에 둔탁하면서도 희미한 소리가 먼저 흘러나왔다.

그렇지만 청력에 문제가 있는 박건은 그 소리를 듣지 못했다.

다만 타격이 이뤄지기 전에 배트에 뭔가 살짝 닿았다는 느낌은 받았다.

'이게 무슨 상황이지?'

박건이 당황한 기색을 드러냈다.

정확히 어떤 상황인지를 인지하지 못했기 때문이었다.

그때, 이용운이 버럭 소리쳤다.

"뭐 하고 있어?"

"……?"

"포수미트에 배트가 닿았어. 타격방해라고 주심에게 빨리 어필해."

워낙 순식간에 벌어진 상황이었다.

그래서 박건은 물론이고, 주심도 정확히 상황을 파악하지 못하고 있었다.

'타격방해가 있었구나.'

이용운의 외침을 듣고서야 박건이 상황을 파악하는 데 성공했다.

"배트에 미트가 닿았어요."

박건이 확신을 갖고 주심에게 어필했다.

이런 상황이 거의 발생하지 않기 때문일까.

주심도 살짝 당황한 기색으로 포수인 배순규에게 확인 절차를 거쳤다.

"닿았어?"

"그게……."

배순규는 바로 대답하지 않았다.

그렇지만 그의 낯빛은 사색이 되어 있었다.

도둑이 제 발 저리는 것처럼 창백하게 변해 있는 배순규의 안색을 통해 타격방해가 있었음을 확신한 주심이 선언했다.

"타격방해."

제3장

'분위기가… 바뀌었다.'

1루로 천천히 걸어 나가던 박건이 더그아웃 쪽을 힐끗 바라보았다.

11회 초에 라이언 벤슨이 닉 짐머맨에게 허용했던 역전 투런 홈런은 치명적이었다.

오늘 경기의 패색이 짙다고 판단했기 때문에 청우 로열스 더그아웃 분위기는 무척 침체되어 있었다.

그런데 지금은 상황이 또 바뀌어 있었다.

타격방해로 인해 박건이 출루하면서 1사 만루로 상황이 바뀐 것이었다.

짧은 안타만 만들어져도 동점, 장타가 나오면 역전도 가능한 상황이었다.

'역전할 수 있다.'

더그아웃에 있는 선수들의 표정부터 확 바뀌어 있었다.

"해보자."

"아직 안 끝났어."

"역전해 버립시다."

다시 파이팅을 외치는 소리가 흘러나오고 있는 더그아웃을 바라보던 박건이 1루 베이스에 도착한 후 배순규를 바라보았다.

방금 본인이 범한 실수가 얼마나 치명적인 것인지 알고 있기 때문일까.

배순규는 반쯤 넋이 나가 있는 표정이었다.

'이래서 배순규를 엑스맨으로 지목했구나.'

박건이 두 눈을 빛냈다.

아까 이용운이 배순규를 중앙 드래곤즈에서 암약하고 있는 엑스맨이라고 지목했을 때만 해도 이유를 간파하지 못했다.

그러나 지금은 확실히 이유를 알 수 있었다.

만약 11회 말 1사 주자 없는 상황에서 정준수에게서 헛스윙 삼진을 유도해 냈던 마크 스튜어트가 던진 포크볼을 배순규가 잡아냈다면?

청우 로열스에는 아예 득점 찬스조차 찾아오지 않았을 것이었다.

또, 방금 타격방해가 나오지 않았다면?

이렇게 허무하게 출루를 허용하지 않았을 것이었다.

"선배님 말씀이 맞네요. 이번 이닝을 통해서 배순규가 중앙 드래곤즈의 엑스맨이란 사실을 확실히 알 수 있었습니다."

박건의 말이 끝나기 무섭게 이용운이 입을 뗐다.

"그게 다가 아니다."

"네?"

"6회 말에 청우 로열스가 선취점을 올릴 때도 엑스맨 배순규의 역할이 아주 컸다."

'아!'

박건이 이내 기억을 떠올리는 데 성공했다.

당시 박건이 타석에 들어섰을 때는 1사 1루 상황이었다.

그렇지만 1루 주자였던 고동수가 2루 도루에 성공한 데다가, 폭투가 나온 덕분에 상황은 1사 3루로 바뀌었다.

그리고 1사 3루에서 박건의 희생플라이가 나오면서 청우 로열스는 비교적 손쉽게 선취점을 올릴 수 있었다.

"고동수가 도루를 성공시켰을 때, 포수의 송구만 정확했다면 아웃 타이밍이었다. 그렇지만 배순규의 송구가 부정확했기 때문에 도루를 허용할 수밖에 없었지. 그리고 비록 마이크 버라디노의 폭투로 기록되긴 했지만, 내가 봤을 때는 배순규의 포일로 기록되는 것이 맞다. 그 커터는 배순규가 잡아줬어야 했다."

이용운의 말이 끝난 순간, 박건이 수긍했다.

배순규가 포구하지 못하고 뒤로 빠뜨렸던 커터.

폭투로 기록됐던 것이 의아하게 느껴졌을 정도였다. 그리고 마이크 버라디노가 잔뜩 화가 났던 것도 배순규가 충분히 막아낼 수 있는 공이라고 판단했기 때문이었다.

1사 주자만루.

역전 주자까지 루상에 나가 있는 가운데 타석에 들어선 것은

3번 타자 양훈정이었다.

'진짜 역전이 가능하지 않을까?'

분위기가 완전히 넘어왔기에 박건이 기대에 찬 시선을 던질 때였다.

1볼 1스트라이크에서 양훈정이 마크 스튜어트의 3구째 슬라이더를 공략했다.

따악.

경쾌한 타격음이 흘러나온 순간, 박건은 적시타가 됐다고 확신하면서 스타트를 끊었다.

그렇지만 유격수가 높이 뛰어오르며 쭉 뻗은 글러브에 배트 중심에 잘 맞은 양훈정의 타구가 빨려 들어갔다.

'귀루해야 해!'

박건이 달리던 것을 멈추고 1루 베이스로 필사적으로 귀루했다.

탁.

슬라이딩을 한 박건의 손이 1루 베이스에 닿았다.

'태그가 없었어!'

박건이 내심 안도했을 때, 이용운이 말했다.

"좋아할 때가 아니다."

"……?"

"경기 끝났으니까."

그 이야기를 들은 박건이 고개를 돌렸다.

일찌감치 스타트를 끊었던 2루 주자 고동수가 귀루하지 못한 탓에 더블아웃이 되면서 연장까지 이어진 경기가 종료됐다.

*　　*　　*

리그 6위.

두 팀 모두 총력전을 펼친 끝에 전반기 마지막 경기의 승자는 중앙 드래곤즈가 됐다.

전반기를 마친 시점, 청우 로열스의 최종 순위는 리그 6위.

결국 가을야구 마지노선인 5위에 오르지 못한 채 전반기가 끝이 났다.

'아쉬워.'

경기가 끝나고 하루의 시간이 흘렀음에도 박건은 여전히 아쉬움에서 빠져나오지 못했다.

중앙 드래곤즈와의 전반기 최종전은 충분히 승리할 수 있었던 경기였기 때문에 패배에 더욱 미련이 남는 것이었다.

"운이… 안 따랐어."

박건이 아쉬운 마음을 담아 혼잣말을 꺼냈다.

11회 말, 양훈정의 배트 중심에 걸렸던 잘 맞은 타구는 유격수에게 라인드라이브로 잡히며 더블아웃이 됐다.

운이 따르지 않았다는 말 외에는 설명할 길이 없었다.

그때, 이용운이 지적했다.

"운이 따르지 않은 게 아니라, 실력의 차이다. 결과적으로는 유격수의 수비력에서 승부가 갈린 셈이지."

박건이 반박하지 못하고 수긍했다.

틀린 지적이 아니었기 때문이었다.

구창명과 유민상.

결과적으로는 양 팀 유격수의 역량 차이가 이번 승부를 가른 셈이었다.

청우 로열스의 유격수인 구창명은 두 개의 결정적인 실책을 기록한 데다가 타석에서도 5타수 무안타로 부진했다.

반면 중앙 드래곤즈의 유격수인 유민상은 실책이 없었던 데다가 경기를 끝내는 호수비를 기록했다.

또, 타석에서도 희생플라이를 때려내서 타점을 올렸다.

"유민상이 독기를 품었는지 이를 악물고 하는 게 보이더군. 아마 팬 투표에서 구창명에게 밀려서 올스타전 출전이 무산된 것으로 인해 단단히 열이 받았을 거야."

올스타전 출전 선수를 선정하는 팬 투표에서 유민상은 구창명에게 밀려서 유격수 부문 출전이 무산됐다. 그리고 유민상은 억울할 만했다.

유민상은 2할 9푼대의 타율을 기록하며 구창명보다 타격 능력 면에서 앞섰다.

또, 수비 면에서도 구창명에 비해 실책 개수가 더 적었다.

단지 실책의 개수가 적은 게 다가 아니었다.

유민상은 빠른 발과 뛰어난 반사신경을 바탕으로 수비 범위가 무척 넓은 편이었고, 구창명에 비해서 수비에서 한층 안정감이 있었다.

그럼에도 불구하고 유민상이 구창명에게 팬 투표에서 밀린 가장 큰 이유는… 외모였다.

연예인 뺨칠 정도로 구창명은 꽃미남이었다.

덕분에 구창명은 여성 팬들을 많이 거느리고 있었고, 그 여성 팬들의 압도적인 지지를 받은 덕분에 유민상을 제치고 올스타전에 출전할 수 있게 된 것이었다.

*　　　*　　　*

'불공평해.'

박건이 머릿속으로 떠올린 생각이었다.

프로야구선수에게 있어서 가장 중요한 것은 실력이었다.

그렇지만 올스타전에 출전할 선수를 뽑는 방식은 100% 팬 투표였다.

그러다 보니 실력이 더 뛰어남에도 불구하고 같은 포지션의 경쟁 선수에 비해 인기가 없어서 올스타전 출전이 무산되는 경우가 발생했다.

유민상이 가장 대표적인 케이스였다.

"왜? 불공평하다는 생각이 드는가 보지?"

그때, 박건의 속내를 정확히 읽은 이용운이 물었다.

"솔직히 좀……."

"다른 사람은 몰라도 넌 억울해할 필요 없다."

"왜요?"

"올스타전 출전 선수 선발 방식이 팬 투표로 진행된 덕분에 그나마 네가 외야수 부문 5위에 오를 수 있었으니까."

'이게 칭찬이야? 욕이야?'

박건이 잠시 고민했다.

가장 먼저 든 생각은 박건이 올스타전 외야수 부문 팬 투표에서 5위를 차지한 것이, 가진 바 실력 이상으로 많은 표를 받았다는 점이었다.

'5위에 오를 정도는 한 것 같은데.'

그로 인해 억울하단 생각을 하던 박건의 생각이 도중에 바뀌었다.

이용운의 말대로라면, 박건이 올스타전 외야수 부문 팬 투표에서 5위를 차지한 것에는 실력 외에 다른 부분이 작용한 셈이었다.

그리고 실력 외에 다른 부분은 바로 외모였다.

'내가 못생긴 편은 아니지.'

박건이 구창명처럼 꽃미남 스타일은 아니었다.

오히려 남자답게 선이 굵은 스타일이었다.

—상남자 박건 파이팅.

박건이 인기를 조금씩 얻으면서 플래카드를 들고 찾아오는 팬들의 수도 조금씩 늘고 있었다. 그리고 플래카드에 가장 많이 등장하는 단어 중 하나가 바로 상남자였다.

'꽃미남의 시대는 끝났으니까.'

박건의 외모 부심이 불쑥 솟구쳤을 때였다.

"착각하지 마라."

이용운이 어김없이 초를 쳤다.

"무슨 착각요?"

“후배가 잘생겨서가 아니다.”

“그럼요?”

“비교우위지.”

“……?”

“외야수 부문 후보들의 면면을 떠올려 봐라.”

이용운의 지시대로 올스타전 외야수 부문 팬 투표에서 맞붙었던 경쟁자들의 면면을 떠올리던 박건이 한숨을 내쉬었다.

비교우위란 표현이 확 와닿았기 때문이었다.

“인정하냐?”

“인정합니다.”

박건이 순순히 인정하자, 이용운이 픽 하고 실소를 터뜨렸다.

지이잉. 지이잉.

그때, 박건의 휴대전화가 진동했다.

액정에 떠올라 있는 발신자 정보를 확인한 박건이 의아한 표정을 지었다.

“송이현 단장님이 왜 또 전화를 하신 걸까요?”

“용건이 있으니까 전화했겠지.”

“혹시…….”

“혹시 뭐냐?”

“제게 관심이 있는 게 아닐까요?”

박건이 조심스럽게 질문했지만, 이용운에게서는 아무런 대답이 돌아오지 않았다.

“왜 아무 대답도 안 하시는 겁니까?”

박건이 다시 물은 후에야 이용운에게서 대답이 돌아왔다.

"대답할 가치가 없어서."

"농담이었습니다."

박건이 머쓱한 표정으로 덧붙였다.

"그런데 너무 정색하시는 것 아닙니까?"

"귀신이 된 후 지금이 가장 분하다."

"뭐가요?"

"귀신이라서 물리력을 행사할 수 없다는 것이 말이다."

"……?"

"진심으로 한 대 치고 싶었다."

'이게 그 정도로 흥분할 일인가?'

"쩝."

박건이 속으로 생각하며 입맛을 다실 때, 휴대전화가 진동을 멈췄다.

아까 들어 올렸던 휴대전화를 박건이 다시 탁자 위에 올려둔 순간, 이용운이 의아한 목소리로 물었다.

"왜 다시 안 걸어?"

"목마른 사람이 우물을 파는 법, 아닙니까?"

"그래서 다시 송이현 단장에게서 전화가 걸려올 때까지 기다리겠다?"

"그렇습니다."

"설마 지금 밀당 비슷한 걸 하는 거냐?"

"밀당까지는 아니고……."

"정신 차려라. 송이현 단장이 관심이 있는 건 후배가 아니라 나니까."

박건의 말문이 일순 막혔다.

너무 황당한 이야기였기 때문이었다.

"저기, 선배님."

"말해라."

"아닙니다."

박건이 입을 열려다가 그냥 입을 다물었다.

"왜 말을 하다가 말아?"

이용운이 재차 질문한 순간, 박건이 대답했다.

"말할 가치가 없어서요."

* * *

"잘 들으세요. 자꾸 잊으시는가 본데, 선배님은 귀신입니다. 그리고 선배님의 존재를 알고 있는 것은 오직 저뿐입니다."

박건이 차분한 목소리로 설명했지만, 이용운은 제대로 알아들은 기색이 아니었다.

"송이현 단장은 내게 관심이 있다니까."

박건이 답답한 표정을 지은 채 다시 말했다.

"선배님의 존재를 알지도 못하는데 어떻게 관심을 가질 수 있습니까?"

"내 존재를 왜 몰라?"

"내가 말하지 않았는데 어떻게 압니까?"

"독한 야구."

"……?"

"내가 진행자잖아. 그래서 송이현 단장은 내 존재를 알고 있다. 그리고 내게 관심이 있어서 네게 전화를 걸었던 것이고."

이용운이 힘주어 대답하는 것을 들은 박건이 두 눈을 빛냈다.

'그래서였나?'

"팟 캐스트 방송, 어때?"

팟 캐스트 방송인 '독한 야구'를 시작하자고 먼저 제안했던 것은 이용운이었다.

당시 이용운은 다른 사람들의 눈치를 보지 않고 원 없이 독설 해설을 하고 싶다는 것을 그 이유로 밝혔다.

그런데 그 이유가 다는 아니었을 것이라는 생각이 퍼뜩 들었다.

'존재감.'

귀신인 이용운의 존재를 인지하고 있는 것.

오직 박건뿐이었다.

그 점이 이용운은 무척 서운하고 아쉬웠을 터였다.

그는 생전에 대중의 사랑을 받아먹고 살았던 해설위원이었던 만큼, 자신의 존재가 잊히는 것이 서운하고 두려웠을 것이었다.

그래서 존재감을 발산할 수 있는 방법을 필사적으로 찾다가 '독한 야구' 진행을 시작했다는 생각이 들었다.

그렇지만 송이현 단장이 이용운에게 관심이 있어서 먼저 전화를 걸었다는 이야기만큼은 순순히 인정하기 어려웠다.

지이잉. 지이잉.

그때, 송이현 단장에게서 다시 전화가 걸려왔다.

"용건을 물어봐라."

이용운이 자신만만한 목소리로 말했다.

"그렇지 않아도 그럴 생각이었습니다."

박건이 대답한 후, 송이현 단장의 전화를 받았다.

"단장님, 무슨 일로 전화하셨습니까?"

잠시 후, 송이현에게서 대답이 돌아왔다.

—박건 선수가 문득 보고 싶어서요.

* * *

리그 6위.

전반기를 마친 청우 로열스의 순위였다.

시즌 초반에 청우 로열스의 순위가 최하위까지 추락했던 것을 감안하면, 6위라는 성적표를 받아 든 것은 나쁘지 않은 결과였다.

그럼에도 불구하고 송이현은 불안했다.

전반기 종료를 앞두고 펼쳐졌던 중앙 드래곤즈와의 마지막 3연전에서 루징시리즈를 기록하며 청우 로열스의 상승세가 꺾였기 때문이었다.

또, 가을야구 경쟁 팀이라 할 수 있는 중앙 드래곤즈와 총력전을 펼치는 과정에서 청우 로열스의 약점이 드러났기 때문이었다.

"구창명 선수의 실책이 늘어나고 있어요."

"저도 알고 있습니다."

"유격수인 구창명 선수가 흔들리니까 청우 로열스의 내야 수비도 덩달아 안정감을 잃어버리는 느낌이에요. 무슨 방법이 없을까요?"

송이현의 질문을 받은 제임스 윤이 망설이지 않고 대답했다.

"현재로서는 없습니다."

그런 그를 송이현이 매섭게 흘겨보았다.

"너무 쉽게 대답하는 것 아닌가요?"

"쉽게 대답한 게 아닙니다. 저도 그 부분에 관해서 고민을 많이 해봤습니다. 그렇지만 마땅한 해결책을 찾아내지 못했습니다. 현재로서는 구창명 선수가 분발해 주기를 바랄 수밖에 없습니다."

"정말 다른 방법은 없나요?"

"굳이 방법을 찾자면, 두 가지입니다."

"어떤 방법이죠?"

"유망주들 가운데 뛰어난 재능을 갖춘 유격수를 1군으로 올리는 것이 첫 번째 방법이고, 트레이드를 통해 새로운 유격수를 구하는 것이 두 번째 방법입니다. 그렇지만 둘 다 불가능에 가깝습니다."

"이유는요?"

"일단 제가 눈을 크게 뜨고 살펴봤지만 청우 로열스 유망주 선수들 가운데 눈에 띄는 선수는 없습니다. 김강녕 선수 정도가 그나마 나은 편인데, 구창명 선수와 비교하면 실력 차가 분명히 존재합니다. 게다가 김강녕 선수는 아직 경험이 부족합니다. 후반기 치열한 순위 다툼이 벌어질 때 1군 무대에 콜업 돼서 유격수 수비를 맡게 되면, 실책을 많이 범할 가능성이 높습니다."

"그럼 트레이드는요?"

"트레이드는 불가능에 가깝습니다. 시즌 도중에 수준급 유격수를 트레이드를 통해 영입하는 것은 하늘의 별 따기나 마찬가지죠."

'정말 방법이 없을까?'

송이현의 고민이 깊어졌을 때였다.

"단장님, 저 왔습니다."

박건이 일식집 룸의 문을 열고 들어왔다.

"어서 앉으세요."

송이현이 박건에게 서둘러 자리를 권했다.

맞은편 자리에 앉은 박건이 물을 한 모금 마시자마자 물었다.

"왜 갑자기 제 생각이 나신 겁니까?"

"짬뽕 때문에요."

"네?"

"짬뽕 맛있게 하는 집이 있다는 이야기를 들어서 저녁에 가려고 결심했는데 문득 박건 선수 생각이 났어요. 나 혼자서 맛있는 짬뽕을 먹는 것은 너무 의리 없는 일이라는 생각이 들어서 메뉴를 바꿨죠. 그리고 메뉴를 바꾼 김에 박건 선수도 부른 겁니다."

송이현이 설명을 마친 순간, 박건이 다시 물었다.

"정말 그 이유가 다입니까?"

"그 이유가 전부가 아니라는 걸 어떻게 알았어요?"

"……?"

"실은 박건 선수를 부른 데는 한 가지 이유가 더 있어요."

"어떤 이유입니까?"

송이현이 대답했다.

"박건 선수와 '독한 야구' 진행자의 관계에 대해 알고 싶어요."

"어떠냐? 내 말이 맞았지?"

잔뜩 상기된 이용운의 목소리가 들려왔다.

박건이 풀 죽은 목소리로 송이현에게 물었다.

"갑자기 그건 왜 궁금해지신 겁니까?"

"'독한 야구'라는 팟 캐스트 방송을 제게 소개시켜 준 게 박건 선수이니까요."

"……."

"당시 팟 캐스트 방송 '독한 야구'는 고정 청취자 수가 거의 없었어요. 그런데 박건 선수가 어떻게 '독한 야구'에 대해 알고 있었을까? 그게 문득 궁금해졌어요."

송이현이 부연을 마친 순간, 이용운이 의기양양한 목소리로 말했다.

"송이현 단장이 진짜 궁금한 건 따로 있다."

"네?"

"왜 '독한 야구' 방송이 잠정 중단된 것인지 이유를 아느냐? 또, '독한 야구' 진행자를 알고 있느냐? 이게 송이현 단장이 진짜 궁금한 것이다."

자신의 예상이 적중했기 때문일까.

이용운은 잔뜩 신이 난 기색이었다.

그렇지만 박건의 입장은 달랐다.

"지금 신을 내고 있을 때가 아닙니다."

"왜 신을 내면 안 된다는 거냐?"

"송이현 단장이 의심을 품었습니다. 자칫 잘못하면 제가 '독한 야구' 진행자란 사실을 들킬 수도 있습니다."

박건이 대답하자, 이용운이 정정했다.

"'독한 야구' 진행자는 나라니까."

"지금 그게 중요한 게 아니잖습니까?"

박건이 물컵을 들어 올려 입을 가린 채 이용운과의 대화를 빠르게 이어나갔다.

"그것 때문이라면 걱정할 것 없어."

"왜 걱정할 게 없다는 겁니까? 그동안 신나게 깠는데?"

박건이 한숨을 내쉬었다.

지금 마주 앉아 있는 송이현 단장과 제임스 윤.

'독한 야구' 방송 중에 이용운이 가장 많이, 또 가장 자주 독설을 날렸던 인물들이었다. 그리고 이들만이 아니었다.

한창기 감독과 청우 로열스 선수들, 그리고 심지어 청우 로열스 팬들까지.

이용운은 약속대로 '독한 야구' 방송 중에 두루까기를 시전했었다.

그런데 두루까기를 시전했던 '독한 야구' 진행자가 다름 아닌 박건이라는 사실이 밝혀진다면?

후폭풍이 무척 클 것은 자명했다.

그렇지만 정작 두루까기를 시전했던 이용운은 태평했다.

"대충 둘러대."

'자기 일이 아니란 거지?'

이용운의 존재는 아무도 몰랐다.

그러니 그 사실이 드러났을 때, 독박을 쓰게 되는 것은 박건이었다.

그래서 박건이 불만을 품었을 때, 이용운이 덧붙였다.

"그냥 건너 건너 아는 사이라고 해."

"꼬치꼬치 캐물으면요?"

"그럼 협박해."

"누굴 협박하란 겁니까?"

"송이현 단장."

박건이 어이없다는 표정으로 물었다.

"어떻게 협박하란 겁니까?"

"'독한 야구' 진행자에 대해서 계속 캐물으면서 정체를 알아내려고 하면, '독한 야구' 방송이 잠정 중단이 아니라 영원히 중단될 수도 있다고."

"그 협박이 과연 먹히겠습니까?"

"먹혀."

"왜 그렇게 확신하는 겁니까?"

이용운이 대답했다.

"아까 후배 입으로 말했었잖아? 목마른 자가 우물을 파는 법이라고."

"'독한 야구' 진행자와 아는 사이입니다."

박건이 한참 만에 대답하자, 송이현 단장이 두 눈을 빛냈다.

"그래서 내게 소개해 줬던 거군요."

"그렇습니다."

"어떻게 아는 사이죠? 아니, 가까운 사이인가요?"

'예상대로네.'

박건이 한숨을 내쉬었다.

'독한 야구' 진행자와 아는 사이라고 대답한 순간, 송이현은 급격하게 흥미를 드러냈다.

"조금 아는 사이입니다. 지인의 지인의 지인입니다."

'이 정도면 적당하게 먼 사이인 건가?'

갑자기 새로운 변명을 찾아내서 둘러댈 수 있을 정도로 박건의 순발력은 뛰어난 편이 아니었다.

해서 이용운의 충고대로 박건이 대충 둘러댔다.

그렇지만 송이현은 그 대답에 만족한 기색이 아니었다.

"직접 연락은 가능한가요?"

그녀가 다시 추궁하기 시작했다.

"그건 왜 물으시는 겁니까?"

"'독한 야구' 진행자에게 꼭 전하고 싶은 말이 있어서요."

송이현이 두 눈을 빛내며 대답한 순간, 박건이 다시 물컵을 들어 입으로 가져갔다.

"이제 어쩌죠?"

"야, 닭도 너보단 낫겠다."

"……?"

"아까 어떻게 대처해야 할지 알려줬잖아? 그새 까먹었어?"

'하필 닭과 비교하다니?'

박건의 빈정이 잔뜩 상한 것은 당연지사였다. 그래서 박건이 눈살을 찌푸린 순간, 주시하고 있던 송이현이 물었다.

"표정이 왜 그래요? 물맛이 이상해요?"

"아닙니다."

"그런데 왜?"

"갑자기 닭이 생각나서요."

"네?"

영문을 모르겠다는 표정을 짓던 송이현이 잠시 후 미안한 표정으로 물었다.

"일식이 아니라 치맥으로 메뉴를 정할 걸 그랬나요?"

"그런 뜻이 아니니까 신경 쓰지 마십시오."

일단 대충 얼버무린 박건이 빈 물컵으로 입을 가린 채 다시 입을 뗐다.

"아까 알려준 대처 방식이라면… 협박요?"

"그래도 닭보단 조금 낫구나. 다음으로 넘어가자. 송이현 단장에게 협박을 하려면 어떻게 해야겠냐?"

"음, 배에 힘을 줘야 하나요? 아니면, 얼굴에 철판을 둘러야 하나요?"

"닭에게 사과해야겠다."

"무슨 뜻입니까?"

"너와 비교했던 닭에서 사과하겠단 뜻이다. 넌 대체 생각이란 게 있는 거냐? 협박을 하려면 일단 연락이 된다고 대답해야 할 것 아냐?"

그제야 박건이 고개를 끄덕였다.

아까 이용운이 알려준 대로 송이현을 협박하려면, 일단 '독한 야구' 진행자와 연락이 되는 사이라고 밝혀야 한다는 것을 뒤늦게 알아챘기 때문이었다.

탁.

이용운과의 대화를 마친 박건이 빈 물컵을 탁자 위에 내려놓으며 송이현에게 대답했다.

"연락은 가능합니다."

"그래요?"

송이현이 반색한 순간, 박건이 물었다.

"그런데 무슨 이유 때문에 '독한 야구' 진행자와 연락이 가능하냐고 질문하셨던 겁니까?"

"두 가지 용건이 있어요."

"무슨 용건입니까?"

"첫 번째 용건은 홍보입니다."

"홍보…요?"

예상치 못했던 대답이었기에 박건이 당황하며 되물었다.

"제가 판단하기에 '독한 야구'는 무척 재밌고 유익한 팟 캐스트 방송입니다."

"유익하지는 않은데."

"네?"

"아닙니다. 혼잣말이었으니까 신경 쓰지 마시고 계속 말씀하십시오."

"알겠어요. 아까 말했듯이 제가 판단하기에 '독한 야구'는 무척 재밌고 유익하기도 한 팟 캐스트 방송이에요. 그런데 고정 청취자 수가 너무 적다고 느껴졌어요. 그래서 더 많은 사람들이 '독한 야구'라는 팟 캐스트 방송에 대해서 알 수 있도록 홍보를 하고 싶다는 생각이 들었어요."

"어떻게 홍보를 하신단 말씀이십니까?"

"청우 로열스 홍보 팀을 움직일 생각이에요. 그걸로 부족하면 청우 그룹 홍보 팀에도 부탁해 볼 생각이고요."

'이걸 좋아해야 하는 건가?'

너무 갑작스러운 제안이었던 탓에 박건이 적잖이 당황했다.

반면 이용운은 잔뜩 상기된 목소리로 소리쳤다.

"드디어 '독한 야구'가 빛을 볼 수 있는 기회가 찾아왔구나. 송이현 단장, 내가 짐작했던 것보다 훨씬 훌륭한 인재였어."

평소 송이현에게 수시로 독설을 퍼붓던 이용운의 태도가 돌변했다.

"제가 홍보에 도움을 드려도 괜찮은지 한번 물어봐 주세요."

잠시 후, 송이현이 부탁했다.

"되고말고."

'독한 야구' 진행자인 이용운이 대답했다.

"두 팔 벌려 환영한다고 말해라."

이용운의 지시를 받은 박건이 입을 뗐다.

"분명히 싫어할 겁니다."

"야. 뭐 잘못 먹었냐?"

이용운의 고성이 박건의 귓가에 쩌렁쩌렁하게 울렸다.

그렇지만 박건이 못 들은 척 외면하고 있을 때, 송이현이 물었다.

“왜 싫어할 거라고 생각하는 거죠?”

“제가 알고 있는 ‘독한 야구’ 진행자분은 돈과 명예에 초탈하신 분입니다. 그래서 홍보가 돼서 유명해지는 것은 싫어하실 겁니다.”

그 대답을 꺼내던 박건이 속으로 쓴웃음을 머금었다.

방금 꺼낸 대답이 사실과는 많이 달랐기 때문이었다.

‘오히려 반대지.’

이용운은 귀신임에도 불구하고 금전욕과 명예욕이 많은 편이었다.

“대체 왜 이래? 홍보를 해준다는데 왜 자꾸 마다해? 진짜 뭐 잘못 먹은 것 아냐?”

아까부터 계속 언성을 높이고 있는 이용운의 모습이 금전욕과 명예욕이 강하다는 증거였다.

“그래요? 인품이 훌륭하신 분인가 보네요.”

“인품이 훌륭하지는 않지만… 어쨌든 홍보는 싫어할 겁니다.”

“그럼 홍보는 포기해야겠네요.”

송이현이 깔끔하게 포기한 순간, 이용운이 절규하는 듯한 목소리를 내뱉었다.

“대체… 대체 왜 이러는 거냐?”

쪼르륵.

박건이 빈 물컵에 물을 따랐다. 그리고 채운 물컵을 입으로 가져가며 말했다.

“다 이유가 있습니다.”

“무슨 이유?”

"나중에 따로 얘기하시죠."

딱 잘라 대화를 거절한 박건이 물컵을 내려놓으며 송이현에게 물었다.

"아까 두 가지 용건이 있다고 말씀하셨습니다. 나머지 하나의 용건은 무엇입니까?"

"지금 '독한 야구' 방송이 잠정 중단된 상황이잖아요. 언제쯤 방송이 재개되는지 알 수 있을까요?"

"그건……."

"그래서 하는 말인데 내가 직접 '독한 야구' 진행자를 만날 수 있을까요? 아니면, 통화라도 하고 싶어요."

송이현이 두 번째 용건을 꺼낸 순간, 박건이 마른침을 꿀꺽 삼켰다.

'먹혀야 하는데.'

예상대로 상황이 흘러가고 있었다.

이대로라면 박건이 '독한 야구' 진행자라는 사실이 금세 탄로 날 터.

지금부터가 중요하다는 사실을 알고 있는 박건이 진중한 표정으로 입을 뗐다.

"그건 불가능합니다."

"왜 불가능하다는 거죠?"

"신비주의를 고수하시는 분이거든요."

"신비주의요?"

"본인의 신상이 드러나길 원치 않으십니다."

"신상이 드러나길 꺼리는 이유가 있나요?"

'귀신이니까.'

이게 진짜 이유였다.

그러나 박건은 다른 대답을 꺼냈다.

"신상이 드러나게 되면 '독한 야구' 방송 중에 독설을 마음껏 하지 못할 수도 있다. 이걸 두려워하기 때문입니다."

"아."

"만약 본인의 신상이 드러날 위기에 처하게 되면, '독한 야구' 진행자는 방송을 그만둘 수도 있습니다."

"그 정도로 신상이 드러나는 것을 꺼리시는 건가요?"

"그러니 아예 시도조차 하지 않으시는 편이 좋습니다."

송이현이 천천히 고개를 끄덕였다.

"그렇다면 포기해야겠네요. '독한 야구' 방송이 중단되는 것은 제가 원하는 것이 아니니까요."

'진짜… 협박이 먹혔다.'

박건이 속으로 혀를 내둘렀다.

'과연 이 협박이 먹힐까?'

반신반의하고 있었는데.

이번 역시 이용운의 장담처럼 된 것이었다.

"그럼 '독한 야구' 방송이 언제 재개될지는 알 수 없는 거네요."

송이현이 답답한 표정을 짓고 있는 것을 확인한 박건이 입을 열었다.

"곧 재개될 겁니다."

"그래요?"

송이현이 반색한 순간, 조용히 대화를 듣고 있던 제임스 윤이 끼어들었다.

"혹시 정확한 재개 시점도 알고 있습니까?"

"네, 알고 있습니다."

"언제입니까?"

"오늘입니다."

"오늘…요?"

예상보다 방송 재개 시점이 더 빨라서일까.

송이현과 제임스 윤이 동시에 놀란 표정을 짓고 있을 때, 박건이 덧붙였다.

"청우 로열스의 약점이 다시 드러났다고 하더군요."

제4장

'덕분에 잘 먹었네.'

숙소로 돌아온 박건이 만족스러운 표정을 지었다.

단단히 기분이 상해서일까.

이용운은 일식집에서 박건이 식사를 하는 동안, 전혀 입을 열지 않았다.

나름대로 불만을 표출하는 방식이었을 터.

그러나 박건은 전혀 개의치 않았다. 그리고 덕분에 오랜만에 조용한 가운데 식사를 하는 데만 집중할 수 있었다.

"녹음하셔야죠."

박건이 '독한 야구'를 녹음할 채비를 마치고 입을 뗐다.

그렇지만 이용운에게서는 여전히 대답이 돌아오지 않았다.

'진짜 단단히 삐쳤나 보네.'

그 반응을 확인한 박건이 속으로 생각했다. 그렇지만 겁나지는 않았다. 그리고 이용운의 침묵을 깨뜨릴 수 있는 방법도 알고 있었다.

"너무 잘 먹었나? 소화가 안 되네."

박건이 냉장고를 열어서 캔 콜라를 꺼냈다.

딸깍.

뚜껑을 딴 박건이 캔 콜라를 입으로 가져갈 때, 이용운이 언성을 높였다.

"누가 콜라 마시래?"

박건이 희미한 웃음을 머금었다.

예상대로 이용운의 침묵을 깨뜨리는 데 성공했기 때문이었다.

'잔소리 좀 듣자.'

이용운의 입을 연 대가로 돌아올 것은 잔소리.

박건이 기꺼이 잔소리를 듣기로 감수했을 때, 이용운이 말했다.

"탄산음료 속에 함유된 당분은 체내의 비타민을 빼앗고 피하지방에 쌓여 비만의 원인이 된다. 또 카페인 성분 때문에 철분과 칼슘 흡수에 방해가 되어 뼈 건강에도 좋지 않다고 내가 누누이 강조하지 않았느냐?"

"기억하고 있습니다. 그래서 마시지 않겠습니다."

"응?"

"탄산음료는 은퇴하고 마시겠다는 뜻입니다."

박건이 순순히 대답하자, 이용운이 한숨을 내쉬며 말했다.

"일부러 탄산음료를 마실 것처럼 연기한 거냐?"

"제 연기가 괜찮았습니까? 확실히 많이 늘었죠?"

"내가 입을 열도록 만들기 위해서 연기를 했다?"

"네. 우리는 영혼의 파트너이니까요. 저에 대한 애정이 있으니까 침묵을 깨고 잔소리를 하실 줄 알았죠."

"영혼의 파트너는 개뿔."

이용운이 매섭게 한마디를 쏘아붙였다.

불만이 가득 쌓였기 때문이리라.

"이제 슬슬 녹음하셔야죠."

박건이 말을 마친 순간, 이용운은 여전히 화가 풀리지 않은 듯 못마땅한 목소리로 물었다.

"왜 그랬냐?"

"뭐가요?"

"굴러온 복을 왜 제 발로 걷어찼냐는 뜻이다."

송이현이 먼저 '독한 야구' 홍보를 하겠다고 나섰는데 왜 거절했느냐고 이용운은 질책하는 것이었다.

"너무 위험하다고 판단했습니다."

"뭐가 위험해?"

"아는 사람이 많을수록 비밀은 유지되기 어려우니까요."

"……?"

"만약 송이현 단장이 홍보를 해서 '독한 야구'가 유명해지고 청취자 수가 늘어나면 저와 선배님의 정체가 들통날 가능성이 그만큼 높아질 겁니다."

"그럴 가능성은……."

"네티즌 수사대, 아시죠?"

"물론 알고 있다."

"그럼 네티즌 수사대의 수사력이 경찰 뺨친다는 사실도 알고 있죠? 만약 네티즌 수사대가 출동하면 우리 정체가 들통나는 것은 시간문제일 겁니다."

이용운도 네티즌 수사대의 수사 능력이 무척 뛰어나다는 것을 알고 있기 때문일까.

반박하지 못하고 침묵을 지켰다.

그사이, 박건이 다시 말했다.

"제가 송이현 단장이 홍보를 해주겠다는 제안을 거절할 데는 다른 이유도 있습니다."

"또 무슨 이유가 있단 말이냐?"

"제가 속았다는 사실을 알았습니다."

"누구한테 속았다는 거냐?"

"선배님요."

"나?"

이용운이 당황한 목소리로 물었다.

"내가 뭘 속였다는 거냐?"

"팟 캐스트 방송으로 돈을 많이 벌 수 있다고 말씀하시지 않았습니까? 제가 좀 알아봤더니 팟 캐스트 방송으로는 돈을 많이 벌기 힘들더라고요."

팟 캐스트 방송이 큰 인기를 누렸던 시절이 있었다.

그렇지만 지금은 끝물이나 다름없었다.

요새는 1인 크리에이터들이 제작하는 독창적인 1인 미디어가

득세하며 인기를 누리는 세상이었다.

쉽게 말해 TV가 등장하면서 라디오의 인기가 급격히 떨어졌던 것과 비슷한 상황이었다.

유튜브 등을 통해 방송되는 1인 미디어가 득세하면서, 팟 캐스트 방송의 인기는 급격히 줄어 있었다.

오감을 만족시키지 못하고 귀로만 들어야 하는 팟 캐스트 방송은 사양산업이었다.

당연히 돈을 벌기 힘든 구조였다.

"해설을 하고 싶어서 절 속였던 거죠."

박건이 지적하자, 이용운이 순순히 인정했다.

"맞다. 그렇게 해서라도 해설이 하고 싶었다."

"그럼 그걸로 만족하시죠."

"뭘 만족하란 것이냐?"

"해설을 하고 있다는 것으로 만족하란 말씀입니다."

"하지만……."

"일전에 제게 황금 알을 낳는 거위 이야기를 해주셨죠?"

"갑자기 그 이야기는 왜 꺼내는 거냐?"

"욕심이 과하면 지금 손에 쥐고 있는 것도 잃을 수 있다는 뜻입니다."

박건이 말을 마친 후 제안했다.

"이제 진짜 녹음 시작하시……?"

이용운이 대답했다.

"녹음 안 해. 흥이 안 나."

이용운이 한숨을 내쉬었다.

해설위원으로 일할 당시, 이용운에게 있어서 가장 중요한 지표는 시청률이었다.

0.01%의 시청률에 울고 웃었으니 더 말해 무엇할까.

그리고 그런 생활에 익숙해져서일까.

더 많은 사람들이 '독한 야구' 방송을 들어줬으면 하는 욕심이 있었다.

그래서 지금의 상황이 못내 서운하고 아쉬웠다.

또 고작 천 명도 되지 않는 '독한 야구'의 청취자 수를 알기에 방송을 할 흥도 나지 않는 것이었고.

물론 박건의 이야기에는 틀린 부분이 없었다.

'독한 야구'의 청취자 수가 늘어나면 진행자인 박건의 정체가 들통날 가능성이 높아지는 것은 부인할 수 없었다.

그때였다.

"초심을 잃지 마십시오."

"초심?"

"선배님의 방송을 기다리는 사람들이 있습니다."

'그렇지.'

박건이 충고를 던진 타이밍은 무척 적절했다.

'내가 과욕을 부리고 있었구나.'

박건과 영혼의 파트너가 된 후, 일방적으로 가르친다고 생각했다.

이용운의 눈에 비친 박건은 많은 부분이 부족했으니까.

그런데 지금 이용운의 생각이 조금 바뀌었다.

박건에게서도 배울 점이 있었다.

'그래. 초심을 잃지 말자.'

'독한 야구'의 가장 중요한 청취자는 송이현 단장과 제임스 윤이었다.

그들이 '독한 야구' 방송을 듣게 만들었고, 또 그들이 방송이 재개되길 기다리고 있는 상황이었다.

"시작하자."

"왜 마음이 바뀌신 겁니까?"

"초심을 잃지 말라면서?"

잠시 후, 이용운이 덧붙였다.

"그리고 트레이드 마감 시한이 얼마 남지 않았다. 어서 협상을 시작해야만 역사에 남을 트레이드를 성공시킬 수 있으니까."

'마음 변하기 전에 빨리 시작하자.'

박건이 막 녹음 버튼을 누르려고 한 순간이었다.

"그런데 왜 하필 오늘이냐?"

"네?"

"송이현 단장과 제임스 윤에게 '독한 야구'가 오늘 방송을 재개할 거라고 말하지 않았느냐? 꼭 오늘이어야 하는 이유가 있느냐?"

"네, 있습니다."

"뭐지?"

"알리바이요."

박건이 대답하자, 이용운이 의아한 목소리로 물었다.

"갑자기 무슨 알리바이냐?"

"선배님도 아시다시피 오늘 저녁을 송이현 단장과 제임스 윤과 함께 먹었습니다. 그런데 '독한 야구' 방송이 오늘 재개되면 알리바이가 생기지 않겠습니까?"

"……?"

"박건은 우리와 같이 저녁을 먹고 헤어졌다. 그런데 오늘 '독한 야구' 방송이 재개됐다. 그럼 박건은 '독한 야구' 진행자가 될 수 없다. 이렇게 생각할 테니 제가 '독한 야구' 진행자일 수도 있다는 용의선상에서 벗어나지 않겠습니까?"

"그럼 아까 뛰어온 것도 그 때문이냐?"

"맞습니다."

"빨리 녹음하자고 재촉한 것도 마찬가지 이유였고?"

"그렇습니다."

박건이 순순히 대답하자, 이용운이 감탄한 목소리를 꺼냈다.

"내가 생각했던 것보다 훨씬 치밀한 면이 있구나."

"선배님과 영혼의 파트너가 된 것, 제게도 마지막 기회입니다. 예전처럼 대충 살 수 없다는 생각이 들어서 변하려고 노력하는 중입니다."

귀신인 이용운의 목소리가 들리기 시작한 덕분에 한때 선수 은퇴를 결심했던 박건은 야구를 계속할 수 있었다.

박건도 이게 자신에게 주어진 마지막 기회라는 것을 알고 있었다.

또, 이용운과의 동행이 영원히 이어지지 않을 것이라는 것도 막연하게나마 짐작하고 있었다.

정확한 시점은 알 수 없지만, 언젠가 헤어지게 될 터였다.

'만약 이용운이 떠나고 나면?'

박건은 다시 혼자가 되는 것이었다.

그때를 대비하지 않을 수는 없는 노릇.

그래서 박건은 이용운과 함께하고 있는 동안 최대한 많이 변하려고 노력하는 중이었다.

"보자, 기왕 알리바이를 만들려고 했던 것이니 확실히 만드는 게 좋겠지? 빨리 녹음을 시작하자."

이용운이 박건의 계획에 동참하겠다는 뜻을 밝혔다.

잠시 후, 박건이 녹음을 시작했다.

"팟 캐스트 방송 '독한 야구'는 선수, 감독, 심지어 팬들까지 모두 독하게 까는 해설 방송입니다. 심장이 약한 분들과 임산부와 노약자는 가능한 청취를 금해주시기 바라며, 하루에 딱 한 경기만 집중해서 해부하는 '독한 야구', 지금부터 시작하겠습니다."

*　　　*　　　*

"제가 복귀를 결심하게 된 계기가 된 경기. 바로 청우 로열스와 중앙 드래곤즈의 전반기 마지막 경기였습니다. 양 팀의 선발투수들이 불펜투수로 나란히 출전했던 경기는 포스트시즌을 방불케 할 정도로 총력전이었습니다. 그리고 총력전을 펼칠 때는 약점이 더욱 도드라지는 법입니다. 자, 굳이 제가 말씀을 드리지 않아도 청우 로열스의 약점은 눈치채셨겠죠? 바로 구창명 선수입니다."

재개된 '독한 야구' 방송에 귀를 기울이던 송이현이 웃으며 말했다.

"유난히 목소리에 더 힘이 넘치는 것 같네요."

"독설을 날릴 수 있는 기회가 찾아와서 기쁜 것 같습니다."

제임스 윤의 대답이 끝난 순간, '독한 야구' 진행자의 멘트가 이어졌다.

"이 경기를 보고 난 후, 제가 느낀 것은 하나였습니다. '구창명으로는 청우 로열스의 가을야구는 불가능하다'라는 것이었습니다. 그래서 이번 올스타 브레이크 기간 동안 청우 로열스 프런트는 아주 바쁘게 움직여야 합니다. 아시다시피 트레이드 마감 시한이 다가오고 있으니까요."

송이현이 제임스 윤에게 고개를 돌렸다.

"트레이드는 불가능에 가깝다고 말했잖아요?"

"맞습니다."

"'독한 야구' 진행자는 어떤 해법을 제시할 수 있을까요?"

"일단… 들어보시죠."

송이현이 다시 '독한 야구'에 귀를 기울이기 시작했을 때였다.

"문제는 현 시점에서 구창명을 대신할 좋은 유격수를 트레이드로 데려오는 것이 쉽지 않다는 점입니다. 그러나 세상에 불가능한 것은 없습니다. 트레이드는 결국 서로가 필요로 하는 것이 맞을 때 이뤄지게 돼 있습니다. 자, 일단 트레이드를 하기로 결심했다면, 내가 손에 쥔 패가 무엇이 있는지부터 확인해야 합니다. 즉, 청우 로열스가 트레이드카드로 내놓을 수 있는 매력적인 패로 누가 있을까요? 이 질문부터 트레이드는 시작입니다. 그럼 과연 청우 로열스가 손에 쥐고 있는 매력적인 패는 무엇이 있을까요?"

송이현이 잠시 고민하다 고개를 돌렸다.

"우리가 손에 쥔 매력적인 패는 무엇이 있을까요?"

그 질문을 받은 제임스 윤이 대답했다.

"없습니다."

"네?"

"다른 팀이 군침을 흘릴 정도로 매력적인 패는 청우 로열스의 손에 없다는 뜻입니다."

제임스 윤이 딱 잘라 말했다.

그 순간, '독한 야구' 진행자가 스스로 던졌던 질문에 대한 답을 꺼냈다.

"청우 로열스가 가진 매력적인 패는… 윤진규입니다."

'윤진규가 매력적인 패다?'

이용운이 제시한 청우 로열스의 트레이드카드는 윤진규였다. 그리고 윤진규의 이름은 낯설지 않았다.

"박건 선수를 청우 로열스로 영입하기 위해서 윤진규 선수를 트레이드카드로 활용할 생각까지 갖고 있어요."

박건이 한성 비글스 소속 선수였을 당시, 송이현이 박건을 영입하기 위해서 트레이드카드로 윤진규를 활용할 생각을 갖고 있다고 밝혔었기 때문이었다.

당시 박건은 그 이야기를 듣고 깜짝 놀랐었다.

윤진규가 무척 매력적인 트레이드카드였기 때문이었다.

윤진규의 포지션은 포수.

현재 청우 로열스의 주전포수인 김천수의 백업포수 역할을 맡고 있었다.

그리고 윤진규의 장점은 타격 능력은 부족하지만, 수비가 뛰어난 편이라는 점이었다.

특히 도루저지와 투수 리드가 뛰어난 편이었다.

그리고 하나 더.

윤진규의 나이는 스물셋에 불과했다.

가뜩이나 KBO 리그에 좋은 포수가 드문 상황이었는데, 윤진규는 무궁무진한 잠재력을 갖춘 어린 포수였다.

'아깝다.'

그래서 박건이 아깝다는 생각을 했을 때였다.

"아까운 선수인 것은 틀림없다."

이용운도 윤진규를 트레이드카드로 활용되기에 아까운 선수라는 것을 인정했다.

비록 김천수가 풍부한 경험을 바탕으로 워낙 좋은 활약을 펼치고 있기 때문에 백업포수로 머물고 있지만, 윤진규는 향후 청우 로열스의 안방을 책임질 수 있는 잠재력을 갖춘 포수였기 때문이었다.

"아마 제임스 윤도 너와 같은 생각을 하고 있을 것이다. 그래서 윤진규를 트레이드카드로 활용하는 것을 내켜 하지 않겠지. 아니, 아예 트레이드카드로 활용할 생각조차 하지 않았겠지. 그렇지만 내 입장은 다르다."

"왜 다른 겁니까?"

"청우 로열스의 미래에는 관심이 없으니까."

"……?"

"옵션 계약한 오억을 수령하기 위해서는 무조건 올 시즌 한국 시리즈에서 우승해야 한다. 그리고 올 시즌이 끝나면 후배는 청우 로열스를 떠날 가능성이 높다. 그러니 청우 로열스의 미래까지 생각할 필요는 없지."

이용운의 설명을 들은 박건이 고개를 끄덕였다.

이용운과 제임스 윤의 생각이 다른 이유.

청우 로열스의 미래까지 염두에 두느냐?

이 부분에서 서로 생각이 갈리기 때문이었다.

송이현 단장과 제임스 윤의 입장에서는 올 시즌만 생각할 수 없었다.

내년, 그리고 내후년 시즌도 염두에 두고서 팀을 운영해야 했다.

반면 박건과 이용운의 입장은 달랐다.

박건의 계획은 올 시즌 청우 로열스를 우승시키고 난 후, 메이저리그에 진출하는 것이었다.

그러니 청우 로열스의 미래까지 염두에 둘 필요가 없는 것이었다.

'아깝다는 생각을 버리자.'

이용운의 이야기를 들은 박건이 생각을 바꾸었다.

'윤진규를 트레이드카드로 활용해서 누구를 영입할 수 있을까?'

윤진규의 포지션은 포수.

포수가 필요한 팀과 트레이드를 해야 했다.

그래서 후보군을 떠올리던 박건이 가장 먼저 떠올린 팀은 중앙 드래곤즈였다.

'출중한(?) 엑스맨 배순규.'

중앙 드래곤즈의 최대 약점이 포수 포지션이었기 때문이었다.

'하지만 중앙 드래곤즈에는 좋은 백업 유격수가 없는데?'

시즌 중에 팀의 주전 유격수를 트레이드카드로 활용하는 경우는 없다고 해도 무방했다.

그렇다면 백업 유격수를 노려야 하는데, 중앙 드래곤즈에 속해 있는 실력이 출중한 백업 유격수는 떠오르지 않았다.

"녹음 계속하자."

그때, 이용운이 재촉했다.

"자, 청우 로열스가 트레이드카드로 활용할 수 있는 매력적인 패를 찾았으니, 이제 이 패를 활용해서 얻을 수 있는 다른 패를 찾아야 합니다. 그리고 제가 생각하고 있는 다른 패는 배준영입니다."

*　　　　*　　　　*

"어느덧 방송 시간이 다 됐네요. 오래간만에 다시 방송을 시작하니 시간이 더 빨리 지나가는 것 같네요. 혹시 또 '독한 야구' 방송이 중단되는 것이 아니냐? 이렇게 우려하시는 분들을 위해 말씀드립니다. 머지않아 또 뵙겠습니다. I'll be back!"

녹음을 마치자마자 박건이 아까부터 던지고 싶었던 질문을 했다.

"제가 제대로 들은 게 맞습니까?"
"어느 부분을 말하는 것이냐?"
"배준영요."
아까 이용운은 청우 로열스 프런트가 윤진규를 트레이드카드로 활용해서 다른 선수를 영입해야 한다고 주장했다. 그리고 이용운이 추천했던 다른 선수가 바로 배준영이었다.
"제대로 들었다."
이용운이 대답했지만, 박건은 여전히 확신을 갖기 어려웠다.
"혹시 동명이인입니까?"
"동명이인?"
"그러니까 배준영이란 이름을 가진 선수가 또 있는 게 아닌가 해서요."
"내가 알기로 KBO 리그에서 뛰고 있는 선수 가운데 배준영이란 이름을 가진 선수는 한 명뿐이다."
'진짜 배준영이라고?'
박건이 놀란 표정을 감추지 못하고 있을 때, 이용운이 물었다.
"왜 그렇게 놀라?"
"급이 맞지 않는 것 같아서요."
"트레이드로 윤진규와 배준영을 맞바꾸는 것은 한쪽의 손해가 너무 극심하다? 이런 뜻이냐?"
"맞습니다."
"어느 쪽의 손해가 더 극심하단 것이냐?"
"당연히 청우 로열스죠."
박건이 일말의 망설임도 없이 대답했다.

배준영은 우송 선더스 소속 선수였다.

주 포지션은 유격수.

그렇지만 현재 배준영은 1군에서 뛰고 있지 않았다.

우송 선더스 2군 소속으로 퓨처스 리그에서 활약하고 있었다.

"수비 하나만큼은 KBO 리그 최고 수준이다. 그렇지만 타격 능력에 문제가 있다. 또, 나이가 너무 많다."

배준영에 대한 전문가들의 평가였다.

현재 우송 선더스 주전 유격수인 조일장과의 포지션 경쟁에서 밀려 2군으로 내려간 배준영에게 팬들은 퇴물이란 극단적인 표현까지 썼다.

그런데 이용운은 유망주 포수인 윤진규를 트레이드카드로 활용해서 그런 배준영을 영입해야 한다고 주장했다.

그러니 어찌 박건이 놀라지 않을 수 있을까.

그때, 이용운이 말했다.

"나도 같은 생각이다."

"……?"

"이 트레이드가 성사된다면 청우 로열스의 손해가 너무 크다."

박건이 황당한 표정을 지었다.

"잘 알고 계시면서 왜 그런 주장을 하셨습니까?"

잠시 후, 이용운이 대답했다.

"그게 트레이드의 묘미니까."

*　　　　*　　　　*

"이번만큼은 절대 동의할 수 없습니다."

제임스 윤이 강경한 어조로 주장했다.

그 반응을 확인한 송이현이 한숨을 내쉬었다.

'기대가 너무 컸나?'

팟 캐스트 방송인 '독한 야구'가 재개되길 손꼽아 기다렸다. 그리고 '독한 야구' 진행자는 청우 로열스의 약점을 해결할 방법으로 트레이드를 제안했다.

그렇지만 그가 제시한 트레이드카드는 그를 무척 신뢰하는 송이현으로서도 받아들이기 힘들었다.

'우리 측 손해가 너무 커.'

윤진규와 배준영의 트레이드.

청우 로열스의 손해가 너무 컸다.

야구에 대해 아는 사람이라면 백이면 백, 모두 그렇게 판단하리라.

그때, 제임스 윤이 다시 입을 열었다.

"트레이드는 화폐가 등장하기 전에 횡횡했던 물물교환과 비슷한 면이 존재합니다. 예를 들어 쌀과 소금의 가치는 동등하지 않습니다. 그럼에도 불구하고 쌀과 소금의 물물교환이 일어났던 이유는 서로에게 필요한 것이 달랐기 때문이었습니다. 트레이드도 마찬가지입니다. 결국 서로에게 더 필요한 부분을 채우기 위해서 트레이드를 진행합니다. 그 과정에서 한 측이 일정 부분 손해를 감수해야 하는 경우도 있습니다. 저도 그 사실을 알고 있습니다. 그렇지만… 이번 케이스는 우리 측의 손해가 너무 극심합니다. 그래서 저는 결사반대하는 입장입니다."

"그래도… '독한 야구' 진행자가 이런 주장을 한 데는 어떤 이유가 있지 않을까요?"

송이현이 미련을 버리지 못하고 조심스럽게 질문한 순간, 제임스 윤이 애써 흥분을 가라앉히며 대답했다.

"만약 배준영 선수를 영입하면 구창명 선수의 백업으로 활용이 가능합니다. 수비 능력만큼은 저도 인정하고 있으니까 내야 수비는 조금 더 안정되겠죠. 그러나 타격 능력까지 감안한다면 배준영 선수가 구창명 선수보다 나은 대안이라는 생각은 들지 않습니다. 오히려 반대죠. 게다가 배준영 선수는 나이가 많습니다. 길어야 2년 정도 활용할 수 있을 겁니다. 그런 배준영 선수를 영입하기 위해서 포수 유망주인 윤진규 선수를 내준다? 아무리 좋게 생각해 보려고 해도 저는 이해할 수 없습니다."

아까에 비해 제임스 윤의 목소리는 낮아져 있었다.

그렇지만 강경한 어조는 여전했다.

그런 그가 잠시 후 다시 입을 뗐다.

"한 가지 문제가 더 있습니다."

"또 어떤 문제죠?"

제임스 윤이 대답했다.

"떡 줄 사람은 생각도 없는데 김칫국만 마시고 있는 걸 수도 있다는 점입니다."

* * *

"윤진규를 트레이드카드로 내세워 배준영을 영입하고 싶다는 트레이드 제안을 하더라도 아마 우송 선더스는 그 제안을 거절할 것이다."

이용운의 이야기를 들은 박건이 의아한 표정을 지었다.

윤진규와 배준영의 트레이드에 대한 의견을 묻는다면?

백이면 백, 청우 로열스가 손해라고 답할 것이었다.

즉, 두 선수의 트레이드가 성사되면 우송 선더스가 큰 이득을 보는 셈이었다.

'그런데 왜 우송 선더스 측에서 먼저 트레이드 제안을 거절한다는 걸까?'

박건이 참지 못하고 이용운에게 질문했다.

"왜요?"

"원래 사촌이 땅을 사면 배가 아픈 법이니까."

"……?"

"메이저리그에서는 트레이드가 활발하게 진행되고 있다. 반면 KBO 리그는 트레이드가 자주 발생되지 않지. 왜인지 아느냐?"

"환경이 다르니까요."

"환경이 다르다?"

"메이저리그의 경우는 구단 수도 많고, 내셔널리그와 아메리칸리그로 나뉜 채 양대 리그가 진행되고 있습니다. 반면 KBO 리그는 구단들의 수도 훨씬 적고 단일 리그로 운영되고 있습니다. 메이저리그에 비해 KBO 리그에서 트레이드가 활발히 일어나지 않는 이유. 이런 환경의 차이 때문이라고 생각합니다."

박건이 자신 있게 대답했다.

추측이 아니었기 때문이었다.

'누구였더라?'

정확히 기억이 나지는 않지만, 야구 중계를 하던 도중에 트레이드가 주제로 떠올랐을 때, 어떤 해설위원이 했던 이야기였다.

"솔직히 말해봐."

"뭘 솔직하게 말해보란 겁니까?"

"후배는 날 싫어한 게 아니라, 내 팬이었지?"

"갑자기 왜 그런 생각을 하신 겁니까?"

"그거 내가 한 말이거든."

"……?"

"내가 중계 중에 했던 말을 토씨 하나 틀리지 않고 기억하고 있다는 게 내 팬이라는 증거 아냐?"

'그게 선배님이 했던 말이었어?'

박건이 뒤늦게 그 사실을 깨닫고 머리를 긁적일 때였다.

"메이저리그와 KBO 리그의 환경이 다른 것도 이런 차이를 분명히 발생시킨다. 그렇지만 그것만으로는 다 설명이 되지 않는다는 생각이 들더라고. 그래서 내가 찾아낸 답은 국민성이다."

"국민성요?"

"우리나라 사람들, 남이 잘되는 꼴은 못 보잖아? 그런 국민성이 트레이드가 활발하게 일어나지 못하게 막는 원인이야."

일리가 있다는 생각을 하며 박건이 다시 물었다.

"그럼 아까 우송 선더스 측에서 트레이드 제안을 거절할 거라고 예상했던 것도 국민성 때문입니까?"

"맞다. 우송 선더스의 현재 순위가 몇 위인지 알지?"

"리그 2위이지 않습니까?"

"청우 로열스는?"

"리그 6위죠."

"그럼 다시 질문하마. 청우 로열스가 가을야구에 진출할 확률이 얼마나 될까?"

박건이 희미한 미소를 머금었다.

만약 한 달 전에 똑같은 질문을 받았다면?

10% 미만이라고 대답했을 것이었다.

당시의 청우 로열스는 하위권에 처져 있었고, 딱히 반등의 요인도 보이지 않았으니까.

그렇지만 지금은 상황이 많이 달라졌다.

반환점을 돈 현재 청우 로열스의 순위는 6위까지 치솟았고, 점점 좋은 팀으로 변모하고 있기 때문이었다.

"50% 이상이라고 생각합니다."

해서 박건이 자신 있는 목소리로 대답한 순간, 이용운이 수긍했다.

"내 생각도 마찬가지다. 그리고 그렇게 생각하는 건 후배와 나만이 아니다. 전문가들도 빠르게 태세를 전환했지. 불과 얼마 전까지 청우 로열스가 가을야구에 진출할 수 있을 거라고 한 놈도 예상하지 않았었는데 지금은 가을야구 진출 확률이 높다는 의견을 쏟아내고 있지. 하여간 자기 입으로 한 말을 뒤집고 태세를 전환하는 속도 하나만큼은 기가 막히게 빠른 놈들이야."

돌연 야구 전문가들에게 독설을 쏟아내던 이용운이 간신히 흥분을 가라앉히고 다시 말했다.

"어쨌든 청우 로열스가 가을야구에 진출할 확률이 높아졌다는 것을 우송 선더스 측도 알고 있다. 자연스레 청우 로열스와 우송 선더스가 가을야구에서 맞붙게 될 확률도 높아졌지. 그리고 이것이 우송 선더스가 이번 트레이드 제안을 거절할 거라고 예상한 이유다."

꽤 길었던 이용운의 설명을 들은 박건이 천천히 고개를 끄덕였다.

'진짜 떡 줄 사람은 생각도 않는데 김칫국부터 들이켠 셈이네.'

배준영과 맞트레이드를 하기에는 윤진규가 너무 아깝다.

박건이 줄곧 했던 생각이었다.

그런데 쓸데없는 우려였을 뿐이었다.

윤진규와 배준영의 트레이드는 성사될 확률이 무척 희박했으니까.

"그럼 '독한 야구' 방송에서 괜한 이야기를 한 셈이네요. 어차피 성사될 가능성이 낮은 트레이드이니까요."

박건이 지적한 순간, 이용운이 대답했다.

"난 쓸데없는 소리는 하지 않는다."

"하지만……."

"아직 확실한 건 아무것도 없다. 트레이드는 생물이거든."

"트레이드는… 생물이다?"

이용운이 한 말을 박건이 작게 되뇐 후 질문했다

"그게 무슨 뜻입니까?"

이용운이 대답했다.

"트레이드 마감 시한까지 시간이 조금 남았다. 그사이에 또 상황이 바뀌면 트레이드 시장에서 무슨 일이 벌어질지 모른다는 뜻이다."

* * *

청우 로열스의 후반기 대진.

리그 선두와 2위를 달리고 있는 대승 원더스와 우송 선더스를 잇따라 만났다.

'아쉬운 대진표.'

박건이 속으로 생각했다.

후반기 시작을 어떻게 하느냐?

여기에 따라서 팀 분위기가 바뀌기 때문이었다.

그런 면에서 강팀을 연이어 만나는 청우 로열스의 후반기 초반 대진표가 무척 아쉽게 느껴지는 것이었다.

그렇지만 이용운의 생각은 달랐다.

"대진 운이 따르는구나."

그 의견은 들은 박건이 의아한 표정으로 물었다.

"왜 대진 운이 따른다는 겁니까?"

"강팀과 붙어보면 청우 로열스의 현 상태를 정확히 파악할 수 있게 되거든."

'무슨 뜻일까?'

여전히 이해하기 어려웠다.

그렇지만 박건은 그에 대해 더 질문하지 않았다.

'또 봉황과 참새 타령을 할 테니까.'

이용운과 함께한 시간이 길어지면서 박건도 어느 정도 적응하기 시작했다.

여기서 더 질문하면 이용운은 '봉황의 깊은 뜻을 참새가 어찌 알겠냐?'며 비난과 일장 연설을 쏟아낼 가능성이 높았다.

그래서 박건이 입을 다문 것이었다.

대신 박건은 경기에 집중했다.

조던 픽스 VS 앤서니 니퍼트.

후반기 첫 경기에 양 팀이 내세운 선발투수였다.

올스타 브레이크 기간 동안 충분한 휴식을 취했기에 청우 로열스와 대승 원더스는 모두 팀의 에이스를 선발투수로 마운드에 올렸다. 그리고 두 팀의 에이스는 모두 자신의 역할을 충실히 해냈다.

0—0.

팽팽한 투수전 양상으로 흘러간 경기가 8회에 접어들었다.

* * *

8회 초 대승 원더스의 공격.

선두타자는 팀의 4번 타자인 유대호였다.

슈악.

따악.

유대호는 조던 픽스의 3구째 슬라이더를 잡아당겼다.

타구의 코스가 무척 깊은 편이었지만, 구창명은 포기하지 않고 잘 쫓아갔다.

글러브를 쭉 뻗어 역동작으로 땅볼타구를 잡아낸 구창명이 허공에 몸을 띄운 채로 1루로 송구했다.

만약 1루수가 앞으로 내밀고 있는 글러브 속으로 송구가 정확히 도착했다면?

메이저리그급 수비라고 불러도 손색이 없었을 것이었다.

그렇지만 구창명이 던진 송구는 방향이 빗나갔다.

1루수인 앤서니 쉴즈가 베이스에서 발을 떼고 송구를 잡으려 안간힘을 썼지만, 방향이 한참 빗나갔기에 역부족이었다.

송구가 뒤로 빠진 것을 확인한 유대호가 두툼한 뱃살을 출렁이며 2루로 내달렸다.

"세이프."

유대호가 2루에서 세이프 선언을 받고 난 후 가쁜 숨을 몰아쉬며 환하게 웃었다. 그리고 대승 원더스의 양성문 감독은 승부처라고 판단하고 팀의 4번 타자인 유대호를 대주자 이명경으로 교체했다.

"올스타전 출전하고 난 후에 겉멋이 더 들었네."

박건이 2루 베이스 쪽으로 빠르게 달려 나오는 이명경의 모습을 바라보고 있을 때, 이용운이 말했다.

"구창명 선배요?"

"그래. 겉멋이 잔뜩 든 걸 보니, 올스타전 출전이 오히려 독이 됐어."

이용운은 구창명에게 독설을 쏟아냈다.

"송구의 방향이 빗나가긴 했지만, 그전까지 수비 동작은 흠잡을 곳이 없었습니다."

박건이 구창명을 두둔하자, 이용운이 쏘아붙였다.

"프로는 과정보다 결과로 말하는 법이다."

"……?"

"99%를 잘해도 마지막 1%를 못 채우면 결국 실패인 셈이지. 그래서 조금 전 구창명의 수비는 실패다."

'너무 엄격한 것 아냐?'

이용운이 유독 구창명에게만 과하다 싶을 정도로 박한 평가를 내리는 것 같다는 생각을 박건이 했을 때였다.

"아까 내가 구창명의 플레이에 겉멋이 들었다고 말했지? 딱 까놓고 말해서 굳이 송구를 서두를 필요가 없었다. 너도 잘 알다시피 유대호는 발이 무척 느린 편이니까."

이 부분은 이용운의 지적이 정확했다.

유대호는 KBO 리그에서 가장 발이 느린 편에 속하는 선수였다.

아까 타구를 잘 쫓아가서 포구한 후, 송구를 서두르지 않았어도 유대호의 느린 발을 감안하면 충분히 1루에서 아웃을 시킬 수 있었다.

무사 2루 상황에서 타석에는 5번 타자 타이런 우즈가 들어왔다. 그리고 타이런 우즈는 조던 픽스의 초구를 노렸다.

따악.

장타를 의식한 조던 픽스가 던진 바깥쪽 슬라이더를 타이런 우즈가 밀어 쳤다.

1, 2루 간을 꿰뚫는 우전안타.

대주자 이명경이 3루 베이스를 통과해 홈으로 파고들었다.

"세이프."

0—1.

대승 원더스가 길었던 0의 균형을 깨뜨리는 선취점을 올린 순간, 이용운이 소리쳤다.

"나이스 플레이."

제5장

0—1.

한 점 차로 뒤진 청우 로열스의 9회 말 공격이 시작됐다.

대승 원더스의 마운드에는 앤서니 니퍼트가 올랐다.

완봉승을 노리는 앤서니 니퍼트는 9회 말에도 단단한 모습을 보였다.

삼진과 외야플라이로 두 명의 주자를 잡아내며 완봉승에 한 걸음 더 다가갔다.

2사 주자 없는 상황에서 타석에는 1번 타자 고동수가 들어섰다.

"살아 나가라."

대기타석에 들어선 박건이 작게 혼잣말을 꺼냈다.

3타수 무안타.

오늘 경기 박건은 세 차례 타석에 들어섰지만, 하나의 안타도 기록하지 못했다.

앤서니 니퍼트의 위력적인 투구에 철저히 막힌 셈이었다. 그래서 한 번 더 타석에 설 기회가 찾아오기를 바라는 것이었다.

그런 박건의 간절한 바람이 통했을까.

슈악.

딱.

고동수가 앤서니 니퍼트의 5구째 커브를 공략한 타구는 홈플레이트 근처에서 크게 바운드를 일으켰다.

큰 바운드를 일으킨 후 느릿하게 굴러가는 타구를 처리하기 위해서 유격수가 빠르게 전진했다.

글러브를 바닥에 끌며 포구에 성공한 후, 1루로 러닝스로를 한 유격수의 수비.

흠잡을 곳을 찾기 힘들 정도로 완벽했다.

"세이프."

그렇지만 고동수의 발이 워낙 빨랐기 때문에 1루심은 간발의 차로 세이프를 선언했다.

"기회가 왔다."

박건이 타석을 향해 걸어가며 각오를 다졌다.

"구종 예측 좀 해주시죠."

"몰라."

"네?"

"나도 모르겠다고."

이용운의 대답을 들은 박건이 실망한 기색을 드러냈다.

비록 오답인 경우도 있었지만, 그동안 이용운은 어떤 상황에서도 답을 줬었다.

그렇지만 오늘 경기에서는 달랐다.

줄곧 어떤 답도 주지 않고 있었다.

평소와는 다른 이용운의 모습이 낯설었지만, 답을 모른다고 하는데 계속 추궁할 수도 없는 노릇이었다.

'내 힘으로 하자.'

박건이 결심을 굳히고 계산을 시작했다.

'고동수가 움직이기는 어려워.'

1루 주자인 고동수는 도루 능력이 있었다. 그래서 벤치의 지시 없이 도루를 할 수 있는 그린라이트를 갖고 있는 그였지만, 지금 도루를 하기는 어려웠다.

만에 하나 도루를 시도했다가 실패한다면?

그대로 경기가 끝나 버리는 상황이었기 때문이었다.

대승 원더스 배터리 역시 이 사실을 알고 있을 터.

'포크볼은 제외하자.'

박건이 수 싸움을 위해서 사용하는 것은 소거법이었다.

앤서니 니퍼트 입장에서 가장 신경이 쓰이는 점은 1루 주자인 고동수를 묶는 것이었다.

발이 빠른 고동수에게 득점권인 2루까지 허용한다면, 박건에게 단타만 허용하더라도 실점을 하기 때문이었다.

그래서 폭투나 포일로 이어질 수 있는 포크볼을 가장 먼저 제외한 것이었다.

'직구도… 제외하자.'

다음으로 소거한 것은 직구였다.

박건은 직구에 강점이 있었다.

대승 원더스 전력 분석 팀도 그 사실을 알고 있을 터.

박건을 상대로 직구를 구사하는 것은 위험하다는 사실을 배터리에게 이미 주지시켰을 터였다.

'다음은… 가만, 이게 맞나? 허를 찌르기 위해서 몸쪽 직구를 구사할 수도 있지 않을까?'

소거법을 계속 사용하던 박건이 도중에 멈칫했다.

이용운의 도움 없이 혼자서 수 싸움을 펼치는 경우는 극히 드물었다. 그래서 수 싸움을 제대로 하고 있는지 여부에 대한 확신이 서지 않았기 때문이었다.

'일단 직구를 제외하면 남는 건 슬라이더와 커터. 그리고 여기서 더 제외할 수 있는 구종은 없다.'

슬라이더와 커터.

이 두 가지 구종 가운데 박건이 선택한 것은 슬라이더였다.

굳이 이유를 꼽자면, 앤서니 니퍼트가 오늘 경기에서 구사한 구종 비율이 슬라이더가 커터보다 높았기 때문이었다.

슈악.

잠시 후, 앤서니 니퍼트가 박건을 상대로 초구를 던졌다.

'바깥쪽 슬라이더.'

박건이 두 눈을 빛냈다.

'된다.'

이용운의 도움 없이 혼자서 한 수 싸움이 적중한 셈이었다.

박건이 지체 없이 배트를 휘둘렀다.

딱.

그렇지만 경쾌한 타격음은 흘러나오지 않았다.

빗맞은 타구는 원바운드를 일으킨 후, 앤서니 니퍼트에게 잡혔다.

타다다닷.

박건이 전력 질주를 펼쳤지만, 앤서니 니퍼트가 던진 송구가 1루에 도착하는 것이 훨씬 더 빨랐다.

그렇게 경기가 종료된 순간, 이용운이 말했다.

"아주 잘했다."

* * *

'슬라이더가 아니라, 커터였어.'

숙소로 돌아와 경기를 되짚어보던 박건이 한숨을 내쉬었다.

마지막 타석에서 앤서니 니퍼트가 던진 초구가 횡으로 꺾이는 슬라이더라고 확신하며 배트를 휘둘렀었는데.

박건이 때린 타구가 정타가 되지 못한 이유는 횡으로 꺾이는 슬라이더가 아니었기 때문이었다.

홈플레이트를 통과한 후 종으로 꺾이는 커터의 궤적에 박건의 배트가 따라가지 못했다.

그로 인해 투수 앞 땅볼로 물러났던 것이었다.

'왜… 칭찬한 거지?'

잠시 후, 박건이 고개를 갸웃했다.

"아주 잘했다."

박건이 투수 앞 땅볼을 때리면서 그대로 경기가 종료된 순간, 이용운이 꺼냈던 칭찬이었다.

'끝까지 포기하지 않고 전력 질주를 했던 것을 칭찬한 건가?'

그가 칭찬한 이유를 고민하던 박건이 결국 참지 못하고 질문했다.

"아까 왜 잘했다고 칭찬하셨던 겁니까?"

"덕분에 경기에서 패했으니까."

"네?"

"청우 로열스가 패배했어야 할 경기였다."

예상치 못했던 대답에 박건이 당황했을 때, 이용운이 재촉했다.

"빨리 녹음 시작하자."

"하지만……."

"녹음부터 해. 그럼 왜 청우 로열스가 패했어야 할 경기였는지 알 수 있을 테니까."

* * *

"영봉패. 딱 세 글자로 오늘 경기를 요약할 수 있습니다. 대승 원더스의 에이스인 앤서니 니퍼트에게 철저하게 막혔던 경기였으니까요. 그리고 청우 로열스가 패하게 된 원인 제공자는 두 사람입니다."

'두 사람? 누구지? 나도 포함된 거 아냐?'

박건이 움찔했다.

4타수 무안타로 타석에서 부진했을뿐더러, 9회 말 마지막 찬스가 찾아왔을 때도 범타로 물러났었다.

그래서 자신의 이름도 포함된 게 아닐까 하고 박건이 우려하고 있을 때였다.

"첫 번째 원인 제공자는 많이 예상했겠지만 구창명 선수입니다. 대승 원더스가 유일한 득점을 올리는 과정에 실책으로 큰 기여를 했죠."

'요새 엄청 까이네.'

최근 이용운의 독설 타깃이 된 구창명은 심하게 까이고 있었다.

"더 자세한 설명을 생략하겠습니다. 어쨌든 한 가지는 확실합니다. 구창명으로는 청우 로열스가 우승할 수 없다는 것입니다. 그럼 두 번째 원인 제공자를 공개하겠습니다. 바로 한창기 감독입니다."

'내가 아니라… 한창기 감독님?'

일단 자신의 이름이 흘러나오지 않았다는 것에 안도했던 박건이 이내 고개를 갸웃했다.

오늘 경기에서 한창기 감독의 작전 미스는 없었다.

좀 더 엄밀히 말하면 한창기 감독이 작전을 펼칠 기회조차 없었다.

청우 로열스 타선이 대승 원더스 팀의 에이스인 앤서니 니퍼트에게 꽁꽁 묶였기 때문이었다.

'그런데 왜 한창기 감독님이 패배의 원인 제공자라는 거지?'

박건이 의문을 품었을 때, 이용운이 이유를 밝혔다.

"한창기 감독은 오만했습니다. 오늘 경기에 조던 픽스를 선발 투수로 내세웠던 게 한창기 감독이 오만했다는 증거입니다. 전반기 막바지 청우 로열스의 분위기가 나쁘지 않았다. 대승 원더스가 강팀이긴 하지만, 정면 대결을 펼친다 해도 승산이 있다. 아마 한창기 감독은 이런 생각을 했을 겁니다. 그렇지만 아까 제가 지적한 대로 오만한 생각이었습니다. 팀의 짜임새에서 청우 로열스는 대승 원더스에 비해 부족했으니까요. 한창기 감독은 청우 로열스가 대승 원더스보다 약팀이라는 것을 인정했어야 합니다. 그리고 대승 원더스와의 3연전에서 1승을 거두는 것을 목표로 잡고 선발 로테이션을 조정했어야 합니다. 쉽게 말해 청우 로열스 팀의 에이스인 조던 픽스를 3연전 마지막 경기에 출전시켜서 확실하게 1승을 챙겼어야 했습니다. 그러나 한창기 감독은 그렇게 하지 않았죠. 그리고 한창기 감독이 부린 오만은 오늘 경기에만 영향을 미치지 않을 겁니다. 남은 두 경기에도 영향을 미치며 청우 로열스는 대승 원더스에게 스윕을 당할 겁니다."

* * *

3—6.

석 점 뒤지고 있는 청우 로열스의 9회 초 공격이 시작됐다.

1번 타자 고동수가 9회 초 첫 타자로 타석에 들어섰다.

대기타석에 선 박건이 더그아웃을 힐끗 살폈다.

'너무 달라.'

전반기 막바지, 청우 로열스 더그아웃 분위기는 활기가 넘쳤다. 그렇지만 후반기에 접어들자마자 충격적인 5연패에 빠진 청우 로열스 더그아웃 분위기는 축 처져 있었다. 그리고 아직 끝이 아니었다.

9회 초 공격에서 동점 내지 역전을 만들지 못하면 청우 로열스는 전반기 마지막 패배와 합쳐 7연패에 빠지게 되는 상황이었다.

'조던 픽스마저 무너질 줄이야.'

박건이 한숨을 내쉬었다.

오늘 경기에 팀의 에이스인 조던 픽스가 선발투수로 출전했기에 청우 로열스의 연패를 끊는 호투를 펼쳐줄 거라 기대했다.

그렇지만 조던 픽스의 투구는 기대에 미치지 못했다.

3과 1/3이닝 5실점.

올 시즌 최악의 투구를 펼친 후 일찍 강판당했다.

반면 선발 맞대결을 펼친 우송 선더스의 에이스인 저니 레스터는 7이닝 2실점의 호투를 펼쳤다.

'오늘 경기마저 패하면 다시 8위로 추락한다.'

박건의 표정이 심각해졌을 때였다.

딱.

고동수가 우송 선더스의 마무리투수인 이원중의 2구를 받아쳤다.

2루수 정면으로 향하는 땅볼타구.

고동수가 전력 질주를 펼쳤지만, 1루수의 글러브에 송구가 도착한 것이 한참 빨랐다.

'일단 살아 나가야 해.'

석 점의 점수 차.

지금은 장타가 필요한 순간이 아니었다.

일단 출루해서 루상에 주자를 모아놓아야 할 때였다.

'여전히… 말이 없네.'

잠시 후, 타석에 들어선 박건이 한숨을 내쉬었다.

후반기가 시작된 후, 이용운은 갑자기 구종 예측을 해주지 않았다.

"내가 없는 경우도 대비해야지."

대체 왜 구종 예측을 해주지 않느냐고 박건이 질문을 던졌을 때, 이용운에게서 돌아왔던 대답이었다.

그렇지만 박건은 그 말을 순순히 믿지 않았다.

'다른 이유가 있어.'

이용운이 밝히지 않으니 정확한 이유까지는 알 수 없었다.

그렇지만 분명히 어떤 이유가 있을 거라는 확신을 박건은 갖고 있었다.

'7연패는 안 돼.'

상황의 심각성을 깨달은 박건이 더 버티지 못하고 물었다.

"툭 터놓고 말씀해 보시죠. 선배님이 원하시는 게 뭡니까?"

"원하는 거라니?"

"제게 원하는 게 있기 때문에 이렇게 튕기시는 것 아닙니까?"

"표현 참……."

"쌈빡하죠?"

"저급하다. 무식한 것 티 내냐?"

'괜히 말 시켰나?'

어김없이 독설과 비난이 돌아왔기에 박건이 후회했을 때였다.

"그래도 눈치는 있구나."

이용운이 덧붙였다.

'예상대로야.'

자신에게 원하는 것이 있기 때문에 이용운이 갑자기 구종 예측을 해주지 않는 거라는 박건의 예상이 적중했다.

"제게 원하는 게 무엇인지 말씀해 주시죠."

"나중에 알려주마."

"……?"

"아직은 때가 아닌 것 같다."

이용운의 대답을 들은 박건이 당황했다.

"그럼 계속 구종 예측을 해주시지 않을 겁니까?"

"그래."

"지금 청우 로열스의 상황이……."

"나쁘지 않다."

박건의 말을 도중에 자르며 이용운이 대답했다.

'나쁘지 않다고?'

박건이 황당한 표정을 지었다.

패색이 짙게 드리운 오늘 경기마저 패배하게 된다면, 청우 로열스는 후반기 시작과 함께 7연패의 수렁에 빠지는 것이었다.

전반기 막바지에 6위까지 치솟았던 순위가 다시 8위로 떨어지는 상황.

그럼에도 불구하고 지금 청우 로열스의 상황이 나쁘지 않다고 말하는 이용운의 의중을 알 수 없었다.

해서 박건이 참지 못하고 질문했다.

"대체 왜 청우 로열스의 상황이 나쁘지 않다는 겁니까?"

"이 보 전진을 위해서 일 보 후퇴한 상황이거든."

"이 보 전진을 위한 일 보 후퇴?"

"덕분에 트레이드를 앞두고 유리한 고지를 점할 수 있게 됐다."

'대체 뭔 소리야?'

이용운이 지금 하고 있는 말을 당최 이해하기 어려웠다. 그래서 다시 질문하려고 했지만, 이용운이 입을 여는 것이 한 발 더 빨랐다.

"뜨거운 시선이 안 느껴지나?"

"무슨 뜨거운 시선요?"

"주심이 네게 보내고 있는 뜨겁고 강렬한 시선 말이다."

'아!'

그제야 박건이 서둘러 고개를 돌렸다.

이용운의 말처럼 타격자세를 취하지 않는 박건을 향해 주심이 강렬한 시선을 쏘아내고 있었다.

'혼자 하자.'

박건이 주심의 시선을 슬그머니 피하면서 타격자세를 취했다.

슈악.

이원중이 초구를 던진 순간, 박건이 기습번트를 시도했다.

틱. 데구르르.

3루 라인 선상을 타고 흐르는 번트 타구를 힐끗 살핀 후, 박건이 1루를 향해 전력 질주를 했다.

"아웃."

그러나 1루심은 아웃을 선언했다.

어떻게든 살아 나가기 위해서 기습번트를 시도했음에도 불구하고 출루에 실패한 박건이 더그아웃으로 걸어 돌아갈 때였다.

"수 싸움에 자신이 없어서 기습번트를 시도한 것, 나쁘지 않은 선택이었다. 그런데 왜 기습번트가 실패했는지 아느냐?"

"왜 실패했습니까?"

"의도가 읽혔기 때문이다. 후배가 기습번트를 시도했을 때, 3루수가 당황하지 않고 침착하게 수비를 펼친 것은 미리 예상했기 때문이다."

"어떻게……?"

"표정에 자신이 없었거든."

"……?"

"타석에 선 후배의 표정에 자신감이 전혀 없다. 그러니 기습번트를 시도할 것이다. 이렇게 예상한 거지."

'내 표정이 그랬었나?'

박건이 한숨을 내쉬었다.

이용운의 도움 없이 수 싸움에서 이길 자신이 없었던 것.

부인하기 어려웠다. 그래서 부지불식간에 자신 없는 표정을 지었던 것이었고.

그때였다.

슈악.

부우웅.

"스트라이크아웃. 경기 종료."

3번 타자 양훈정의 배트가 허공을 가르는 소리와 주심이 경기 종료를 선언하는 소리가 잇따라 박건의 귓속으로 파고들었다.

*　　　*　　　*

쪼르륵.

소주병을 들어 앞에 놓인 잔을 채운 한창기가 단숨에 비웠다.

"오늘따라 더 쓰네."

한창기가 한숨을 내쉬며 다시 소주병을 향해 손을 뻗었을 때였다.

"왜 벌써 시작하셨어요?"

송이현 단장의 목소리가 들려왔다.

선술집 안으로 들어서는 송이현 단장과 제임스 윤을 발견한 한창기가 자리에서 일어나 인사했다.

"좀 일찍 도착했습니다."

"벌써 취하신 건 아니죠?"

"이제 겨우 두 잔째입니다."

한창기가 대답하며 송이현의 표정을 힐끗 살폈다.

'생각보다 어둡지 않다?'

그런 한창기가 의아한 표정을 지었다.

청우 로열스가 후반기에 접어든 후 충격적인 7연패에 빠져 있는 상황.

그래서 송이현의 표정이 무척 어두울 거라고 예상했는데.

한창기의 예상과 달리 송이현의 표정은 의외로 밝았다.

또, 목소리도 밝은 편이었다.

"저도 한 잔 주세요."

소주잔을 앞으로 내밀고 있는 송이현을 발견한 한창기가 당황한 표정을 지었다.

"왜 맥주가 아니라 소주를 드시는 겁니까?"

"음, 오늘은 소주가 당기네요. 좀 심각한 이야기를 나눌 거거든요."

'심각한 이야기?'

그 대답을 들은 한창기가 표정을 굳혔다.

머릿속에 가장 먼저 떠오른 것이 경질이란 단어.

'지금이 가장 좋은 타이밍이 아닐까?'

송이현 단장이 아직 청우 로열스의 가을야구를 포기하지 않았다면?

최대한 빨리 연패에 빠져 있는 청우 로열스의 팀 분위기를 쇄신해야 했다.

그래서 지금이 자신을 경질할 최상의 타이밍이라는 판단을 한창기가 내렸을 때였다.

"팔 아픕니다."

송이현이 엄살을 부렸고, 그제야 한창기가 실수를 깨닫고 소주병을 기울여 그녀와 제임스 윤의 잔을 채워주었다.

'어떤 말부터 시작할까?'

한창기가 망설이고 있을 때였다.

"이렇게 모였으니 청우 로열스 이야기를 안 할 순 없겠죠? 감독님은 청우 로열스가 7연패에 빠진 원인이 뭐라고 생각하세요?"

송이현이 먼저 말문을 열어주었다.

"제 탓입니다."

한창기가 소주잔을 비운 후 대답하자, 송이현이 웃으며 다시 말했다.

"감독님, 여기에 기자는 없습니다."

"……?"

"경기에서 패배한 것은 감독인 내 탓이다. 선수들은 최선을 다했다. 이건 기자들 앞에서 하는 방송용 멘트잖아요."

비로소 말뜻을 이해한 한창기가 다시 입을 뗐다.

"똑같습니다."

"네?"

"기자들이 없다고 해도 제 대답은 같습니다. 저 때문에 청우 로열스는 7연패의 수렁에 빠졌습니다."

송이현이 두 눈을 빛내며 부탁했다.

"좀 더 자세히 말씀해 주시죠."

"제가 오만했습니다. 대승 원더스와 우송 선더스. 리그 선두를 다투고 있는 강팀들이지만 청우 로열스도 이제는 무척 좋은 팀으로 변모했다. 리그 1, 2위를 달리고 있는 두 팀과 정면 대결을 펼쳐도 승산이 있다. 이렇게 판단했었는데, 그게 오판이었습니다. 결국 제가 잘못된 판단을 내리고 리그를 대표하는 강팀들과 정면 대결을 고집한 탓에 청우 로열스가 연패에 빠진 겁니다."

책임을 회피하거나 다른 누군가에게 책임을 미룰 생각은 없었다. 그래서 한창기가 자신의 실책을 솔직하게 인정했을 때였다.

"다행이네요."

송이현이 말했다.

"뭐가 다행이란 겁니까?"

한창기가 의아한 시선을 던지자 송이현이 대답했다.

"청우 로열스의 패인을 정확히 알고 계시니까요."

*　　　*　　　*

"마지막 기회를 잡으셨습니다."

"마지막 기회요?"

"덕분에 경질 위기를 모면하셨어요."

한창기 감독이 놀란 표정을 짓는 것을 바라보던 송이현이 희미한 미소를 머금었다.

빈말이 아니었다.

'만약 한창기 감독이 청우 로열스의 패인을 모른다면?'

송이현은 진짜 성적 부진을 이유로 그를 경질할 생각을 갖고 있었다.

하루라도 빨리 연패에 빠진 청우 로열스의 팀 분위기를 쇄신해야 했기 때문이었다.

"앞으로도 감독님과 계속 함께 간다. 이렇게 결심했으니까 이제 대화의 주제를 바꿔야 할 것 같습니다."

"대화 주제를 어떻게 바꾸겠다는 겁니까?"

"청우 로열스가 대승 원더스나 우송 선더스와 정면 대결을 펼쳐도 승산이 있을 정도로 강팀으로 변모할 수 있는 방법에 대해서 얘기를 나눠보죠."

영문을 모르겠다는 한창기 감독의 표정을 힐끗 살핀 후, 송이현이 덧붙였다.

"트레이드 마감 시한이 다가왔다는 것은 아시죠?"

"물론 알고 있습니다."

"저와 제임스는 청우 로열스를 강팀으로 변모시키기 위해서 트레이드를 시도할 계획입니다. 그래서……."

"잠시만요."

송이현의 말을 도중에 자르며 제임스 윤이 끼어들었다.

"왜 그래요?"

"단장님의 말씀 도중에 틀린 부분이 있어서요."

"어떤 부분이 틀렸죠?"

"저는 아직 트레이드에 대해서 동의하지 않았습니다. 그러니 제 이름을 빼주시죠."

"알았어요. 그렇게 하죠. 그리고 기왕 말이 나온 김에 감독님께 여쭤보겠습니다. 윤진규 선수와 배준영 선수를 트레이드하는 것, 어떻게 생각하세요?"

"방금 누구와 누구를 트레이드한다고 하셨습니까?"

한창기 감독이 당황한 기색으로 물었다.

"윤진규 선수와 배준영 선수요."

송이현이 재차 확인해 준 순간, 한창기 감독의 표정이 딱딱하게 굳어졌다

"너무 밑지는 트레이드입니다."

잠시 후, 한창기 감독이 입을 뗐다.

'보십시오. 한 감독님도 저와 같은 생각입니다.'

제임스 윤은 이런 의미가 담긴 시선을 던지고 있었다.

그 시선을 무시한 채, 송이현이 다시 입을 뗐다.

"거기에 송성문 선수를 추가하면요?"

"윤진규를 내주고 배준영과 송성문을 데려온다는 겁니까?"

"만약 이런 방식의 트레이드라도 감독님의 의견은 같으신가요?"

"여전히 밑지는 장사라고 생각합니다. 물론 손실 폭이 조금 줄어들긴 하겠지만요."

한창기 감독이 대답을 꺼낸 후, 덧붙였다.

"그런데 어차피 이런 가정은 의미가 없는 것 아닙니까?"

"왜 의미가 없다는 거죠?"

"트레이드가 성사될 리 없으니까요."

배준영은 우송 선더스 소속 선수.

송성문은 중앙 드래곤즈 소속 선수.

두 선수의 소속 팀이 다른데 이런 트레이드가 성사될 가능성이 희박하지 않느냐?

한창기 감독이 꺼낸 대답에 담긴 속뜻이었다.

"저는 생각이 다릅니다. 충분히 성사 가능성이 있다고 생각합

니다."

"왜 그렇게 판단하시는 겁니까?"

"청우 로열스가 7연패에 빠지며 리그 8위로 순위가 하락했으니까요."

"……?"

"사촌이 땅을 사도 배가 아프지 않은 상황이 됐거든요."

*　　　*　　　*

'녹음 안 한다고 할까?'

박건이 잠시 고민했다.

이용운이 경기 중에 구종 예측을 하지 않는 것.

주도권 싸움의 일환이라고 박건은 판단했다.

'눈에는 눈, 이에는 이.'

박건도 똑같이 치사한 방법을 써서 주도권 싸움에 나설 수 있었다.

이용운은 물리력을 행사할 수 없는 귀신.

당연히 혼자서 '독한 야구'를 녹음하는 것도 불가능했다.

만약 박건의 협조가 없다면, '독한 야구' 녹음을 할 수 없는 것이었다.

그러나 박건은 이내 고개를 흔들었다.

지금은 적당한 때가 아니란 생각이 들어서였다.

'나도 궁금해.'

박건 역시 마감 시한이 다가온 가운데 물밑에서 진행되고 있는 트레이드의 진행 상황과 성사 여부가 궁금했다.

"시작하죠."

그래서 박건이 녹음 버튼을 눌렀다.

"청우 로열스의 7연패. 불행 중 다행이란 표현을 쓰면 비난하시는 분이 많을 겁니다. 그렇지만 저는 감히 불행 중 다행이란 표현을 사용하겠습니다. 청우 로열스가 후반기 시작과 함께 연패에 빠져서 리그 8위로 순위가 추락한 덕분에 윤진규와 배준영의 트레이드가 성사될 가능성이 높아졌으니까요."

'가을야구에서 청우 로열스와 우송 선더스가 만날 확률이 낮아졌으니까.'

이용운의 말을 옮기며 녹음하던 박건이 이유를 짐작했다.

'그래도 너무 손해야.'

윤진규와 배준영의 맞트레이드.

청우 로열스의 가을야구 진출 가능성이 낮아지면서 트레이드 성사 가능성이 높아졌다.

그렇지만 두 선수의 트레이드가 성사된다 하더라도 청우 로열스의 손해가 너무 크다고 박건이 판단했을 때였다.

"그리고 중앙 드래곤즈도 트레이드에 참가할 가능성이 높아졌습니다. 중앙 드래곤즈가 가을야구에 진출하고 우승을 노리기 위해서는 배순규로는 역부족이라고 판단을 내렸을 테니까요. 청우 로열스가 7연패에 빠지면서 트레이드 마감 시한을 앞두고 트레이드가 성사될 여건은 마련됐습니다. 삼각 트레이드가 가능해진 거죠."

'삼각 트레이드?'

박건이 놀란 표정을 지었다.

지금까지 윤진규와 배준영의 맞트레이드만 염두에 두고 있었는데.

이용운은 방금 삼각 트레이드를 제안했다.

즉, 청우 로열스와 중앙 드래곤즈, 그리고 우송 선더스까지.

세 팀이 트레이드에 동시에 나서는 것이었다.

"처음부터 삼각 트레이드를 염두에 두셨던 겁니까?"

"맞다."

"왜요?"

"서로 원하는 패가 다르니까. 그 패를 맞추면서 청우 로열스의 손해를 최소한으로 줄이려면, 아니, 청우 로열스가 이득을 보기 위해서는 삼각 트레이드를 추진하는 것이 최선이라고 생각했다."

비로소 이용운이 그리고 있었던 큰 그림의 실체를 알아낸 박건이 놀란 표정을 지었다.

"자, 이제 삼각 트레이드의 패를 맞춰볼 때입니다. 윤진규와 배준영의 맞트레이드는 청우 로열스의 손해가 너무 크죠. 트레이드가 선수의 이름값으로 하는 것은 아니지만, 너무 격차가 나면 곤란한 법이죠. 그리고 하나 더. 트레이드카드로 사용되는 선수의 가치는 상대 팀의 사정에 따라서 달라집니다. 쉽게 말해 윤진규라는 선수를 사정상 절실하게 원하는 팀일수록 더 적극적으로 나서는 거죠. 저는 그 팀이 바로 중앙 드래곤즈라고 확신합니다. 현재 팀의 안방마님인 배순규로는 가을야구 진출도 불안하다. 내부적으로 이렇게 판단을 내리고 있을 테니까요. 그런 중앙 드래곤즈 입장에서 윤진규라는 수비 능력이 좋고 젊은 포수는 군침을 흘리지 않을 수 없는 매력적인 카드일 겁니다."

'타격방해.'

박건은 배순규가 타격방해를 했던 당사자였다. 그래서 중앙 드래곤즈의 포수인 배순규가 수비적인 측면에서 안정감이 많이 떨어진다는 사실을 잘 알고 있었다.

'중앙 드래곤즈는 무조건 윤진규를 영입하려 할 거야.'

해서 박건의 생각이 거기까지 미쳤을 때였다.

"반면 우송 선더스 입장에서는 윤진규라는 트레이드카드가 그리 매력적이지 않을 겁니다. 정태훈이라는 걸출한 포수를 보유하고 있으니까요. 그렇지만 우송 선더스에도 약점이 있습니다. 바로 불펜투수죠. 필승조로 활약하던 양승환 선수가 부상으로 이탈하면서 불펜 운영에 빨간불이 켜진 상황이거든요. 그리고 중앙 드래곤즈는 불펜진이 두터운 편입니다. 타 팀에서는 필승조로 활약할 좋은 불펜투수들이 추격조로 활용되고 있는 상황이니까요. 만약 중앙 드래곤즈에서 장길태 선수를 트레이드카드로 활용한다면? 우송 선더스에서는 마다할 이유가 없죠."

'성사될 것 같다.'

이용운의 설명을 듣던 박건의 생각이 도중에 바뀌었다.

세 팀이 원하는 것이 서로 맞아떨어지는 상황인 만큼, 삼각 트레이드가 성사될 가능성이 높다는 쪽으로.

"자, 그럼 정리를 해봅시다. 청우 로열스는 트레이드카드로 윤진규 선수를 사용해서 중앙 드래곤즈에게 트레이드 제안을 합니다. 중앙 드래곤즈는 장길태 선수를 트레이드카드로 사용해서 우송 선더스에게 트레이드를 제안하겠죠. 그리고 우송 선더스는 배준영 선수를 트레이드카드로 사용할 겁니다. 이렇게 삼각 트레이드가 완성되는 거죠. 그렇지만 이대로라면 청우 로열스의 손해가 너무 큽니다. 그럼 어떻게 하느냐? 다른 선수를 한 명 더 포함시켜야 합니다. 제 생각에는 중앙 드래곤즈의 송성문 선수 정도면 적당할 것 같습니다. 비록 지금은 노쇠화했다는 평가와 함께 2군에 머물고 있지만, 송성문 선수는 특별한 부상 없이 몸 관리를 잘한 것으로 알려져 있습니다. 그리고 오랫동안 선발투수로 활약했던 송성문 선수의 경험은 절대 무시할 수 없죠. 그럼 청우 로열스는 윤진규 선수를 트레이드카드로 활용해서 배준영 선수와 송성문 선수를 영입할 수 있는 셈이죠."

'송성문?'

박건이 슬쩍 눈살을 찌푸렸다.

아까 이용운의 설명대로 송성문은 선발투수 경험이 풍부한 편이었다.

그렇지만 지금은 전성기가 지났다는 평가를 받고 있었다.

'청우 로열스는 이미 5선발 로테이션이 어느 정도 자리를 잡은 상황인데 또 다른 선발투수인 송성문 선수를 영입할 필요가 있나?'

박건이 이런 의문을 품었을 때, 이용운의 이야기가 이어졌다.

"마지막으로 여러분들이 품었을 몇 가지 의문을 해소해 드리겠습니다. 우선 유망주 포수인 윤진규 선수를 얻기 위해서 중앙 드래곤즈가 장길태와 송성문, 두 선수를 과연 내놓겠느냐는 점입니다. 이건 제가 장담하죠. 중앙 드래곤즈는 분명히 이번 트레이드에 응할 겁니다. 송성문은 이미 중앙 드래곤즈 내부적으로 전력 외로 분류된 자원인 만큼, 실질적으로는 장길태와 윤진규의 1 대 1 트레이드와 마찬가지이니까요. 그럼 자연적으로 또 다른 의문이 생길 겁니다. 중앙 드래곤즈에서 이미 전력 외로 분류된 선수인 송성문을 데려오는 게 청우 로열스에게 과연 무슨 이득이 되느냐 하는 부분입니다. 그리고 제가 장담하겠습니다. 분명히 이득이 됩니다. 청우 로열스와 중앙 드래곤즈는 팀 내부 사정이 다르기 때문입니다. 제 예측이 틀리지 않다면 송성문 선수의 영입은 올 시즌이 후반으로 접어들었을 때, 청우 로열스에 큰 힘이 되어줄 겁니다."

*　　　　*　　　　*

〈트레이드 마감 시한 하루를 앞두고 삼각 트레이드 전격 합의. 과연 어느 팀이 웃게 될까?〉

삼각 트레이드가 성사됐다는 소식을 알리는 기사 아래에는 무려 천 개가 넘는 댓글이 달렸다.

—중앙 드래곤즈 개이득.

—우송 선더스도 손해 본 것 없음.

—확실한 건 청우 로열스는 손해를 봤음.

—청우 로열스 프런트가 미친 게 틀림없다.

—윤진규 내주고 받아온 게 배준영과 송성문? 경로당 팀 되기로 작정했음?

이번 삼각 트레이드의 득실을 논하기 위해 몰려든 야구팬들이 댓글로 의견을 쏟아냈다.

야구팬들은 가장 큰 이득을 본 팀을 중앙 드래곤즈로 꼽았다.

우송 선더스도 손해를 보지 않았다는 의견이 우세했다. 그리고 청우 로열스가 가장 큰 손해를 봤다는 데는 이견이 없었다.

"또 야알못 단장이란 소릴 듣고 있네요."

기사 하단에 달린 댓글을 확인하던 송이현이 하소연한 순간, 제임스 윤이 땅이 꺼져라 한숨을 내쉬었다.

"그 정도면 다행입니다."

"왜 다행이란 거죠?"

"저는 쓰레기라는 평가를 받고 있으니까요."

"에이, 그건 좀 심했다."

송이현이 안쓰러운 시선을 던지자 제임스 윤이 원망스러운 시선으로 맞받았다.

"단장님이 그런 말씀 하시면 안 되죠."

"왜 안 된다는 거예요?"

"단장님 때문에 쓰레기 소리를 듣고 있으니까요."

"……?"

"저는 분명히 이번 트레이드를 반대하지 않았습니까? 그런데 속사정을 모르는 사람들은 이번 트레이드를 제가 주도한 걸로 착각하고 있답니다."

비로소 말뜻을 이해한 송이현이 미안한 표정을 지었다.

"어둠이 깊어야 새벽이 온다. 이런 말 들어본 적 있죠?"
"일전에 제가 했던 말인 것 같은데요?"
"곧 새벽이 올 거예요. 그러니까 너무 슬퍼하지 말아요."
"참 위로가 되네요."
제임스 윤이 못마땅한 표정을 드러낸 채 물었다.
"정말 새벽이 오긴 올까요?"

제6장

〈청우 로열스 선발 라인업〉

1. 고동수.

2. 박건.

3. 양훈정.

4. 앤서니 쉴즈.

5. 백선형.

6. 구창명.

7. 임건우.

8. 이필교.

9. 김천수.

Pitcher. 라이언 벤슨.

청우 로열스와 심원 패룻스의 3연전 첫 경기를 앞두고 한창기 감독이 선발 라인업을 발표했다.

후반기에 접어든 후 6연패를 당하는 동안 청우 로열스가 내세웠던 선발 라인업과 달라진 것이 전혀 없다는 것을 확인한 박건이 두 눈을 빛내며 물었다.

"왜 선발 라인업에 변화가 없을까요?"

"변화를 줄 게 없으니까."

이용운의 대답을 들은 박건이 고개를 갸웃했다.

"그럼 트레이드는 왜 한 겁니까?"

"팀의 부족한 부분을 보완하며 팀 전력을 강화하기 위해서 트레이드를 했지."

이용운이 꺼낸 것은 모범 답안이었다. 그러나 박건이 원했던 대답은 아니었기에 다시 질문을 던졌다.

"선발 라인업에 포함된 선수들은 그대로이지 않습니까?"

"그렇지만 팀 전력은 달라졌다."

"네?"

박건이 이해할 수 없다는 표정을 지었을 때, 이용운이 덧붙였다.

"두고 보면 곧 알게 될 것이다."

* * *

1회 초 청우 로열스의 공격.

심원 패룻스의 이철승 감독이 내세운 선발투수는 이연수였다.

외국인 투수인 월린 해멀스를 제치고 팀의 2선발을 맡고 있는 토종 에이스.

리드오프 임무를 부여받은 고동수는 이연수를 상대로 끈질긴 승부를 펼쳤다.

슈악.

"볼넷."

풀카운트 승부 끝에 유인구를 잘 참아낸 고동수가 출루에 성공했다.

"초구로 바깥쪽 커브를 던질 거다."

무사 1루 상황에서 타석으로 들어서던 박건의 귓속으로 이용운의 구종 예측이 파고들었다.

'달라지긴 했네.'

박건이 속으로 생각했다.

한동안 구종 예측을 하지 않던 이용운이 변했다는 사실을 깨달았기 때문이었다.

"왜 다시 구종 예측을 하시는 겁니까?"

"혼자 내버려 두니까 안 되겠더라고."

이용운의 대답을 들은 박건이 쓴웃음을 머금었다.

마음 같아서는 반박하고 싶었지만 박건은 그렇게 하지 못했다.

청우 로열스가 연패를 당하는 동안, 박건도 함께 부진했기 때문이었다.

"이번 기회에 내 소중함을 깨달았지?"

이용운이 넌지시 던진 질문을 들은 박건의 표정이 일그러졌다.

“제가 알아서 할 테니까 그만 승천하시죠.”

마음 같아서는 이렇게 쏘아붙이고 싶은 것을 꾹 참고 박건이 서둘러 표정을 수습했다.

‘이 보 전진을 위한 일 보 후퇴.’

얼마 전에 이용운이 했던 말을 박건이 속으로 되뇌었다.

‘참는 자에게 복이 있다고 했어. 참을 인 자 세 개면 살인을 면한다고도 했고. 아, 어차피 귀신이니까 살인을 면할 수는 없구나.’

그걸로 모자라 인내심의 중요성에 대해 알려주는 표현들을 총동원해서 간신히 흥분을 눌러 앉힌 박건이 대답했다

“선배님의 소중함을 확실히 깨달았습니다.”

“그래?”

“괜히 영혼의 파트너가 된 게 아니라는 생각도 들었구요.”

이용운이 픽 웃으며 대답했다.

“내 소중함을 깨달을 수 있는 기회가 됐다니 다행이구나. 그런데 왜 말속에 영혼이 1그램도 안 느껴지지?”

‘귀신 맞네.’

박건이 방금 꺼냈던 대답에 영혼이 없다는 것을 이용운은 귀신같이 알아챘다.

“오해이십니다.”

“오해라.”

“그런데 아까 이연수가 초구로 바깥쪽 커브를 던질 거라고 예측하시지 않았습니까? 어떻게 아셨습니까?”

박건이 서둘러 화제를 돌리자, 이용운이 대답했다.

"알 것 없다."

"……?"

"그냥 믿어라."

*　　　　　*　　　　　*

"고동수가 언제든지 도루를 시도할 수 있다. 이런 사실을 심원 패롯스 수비진도 알고 있기 때문에 1, 2루 간이 무척 넓다. 그리고 지금은 장타보다 진루타가 필요한 때다. 연패에 빠지며 침체된 청우 로열스의 팀 분위기를 살리기 위해서는 선취점을 올리는 것이 가장 중요하거든."

'단순한 양반이야.'

오늘 이용운의 조언은 평소보다 훨씬 친절한 편이었다. 그리고 박건은 그 이유를 짐작할 수 있었다.

아까 박건이 먼저 고개를 숙이고 들어갔기에 기분이 좋아진 것이었다.

'일단은 이용하자.'

박건이 타석에서 집중하고 있을 때, 이연수가 초구를 던졌다.

슈악.

'확실히 능력은 있어.'

이연수가 초구로 구사한 구종이 바깥쪽 커브임을 확인한 박건이 내심 감탄하면서 배트를 휘둘렀다.

따악.

힘들이지 않고 밀어 친 타구가 1, 2루 간을 꿰뚫었다.

발 빠른 1루 주자 고동수가 3루까지 여유 있게 진루하면서 무사 1, 3루로 상황이 바뀌었다.

따악.

3번 타자 양훈정이 때린 타구는 깊숙한 외야플라이.

타다닷.

태그업을 시도한 고동수가 여유 있게 홈으로 파고들면서 청우 로열스가 선취점을 올리는 데 성공했다. 그리고 아직 찬스는 끝나지 않았다.

따악.

1사 1루 상황에서 타석에 들어선 4번 타자 앤더슨 쉴즈가 때린 타구가 또 한 번 1, 2루 간을 꿰뚫는 우전안타가 됐다.

빠르게 타구 판단을 마친 박건이 3루까지 내달리며, 다시 1사 1, 3루의 득점 찬스가 만들어졌다.

"볼넷."

5번 타자 백선형이 볼넷을 얻어내며 1사 만루로 상황이 바뀌었다. 그리고 6번 타자 구창명이 타석으로 들어섰다.

'맥이 끊기는 지점.'

후반기에 청우 로열스가 6연패를 당하는 동안 득점력이 저조했던 가장 큰 이유.

상위타선과 하위타선의 연결고리 역할을 해줘야 할 구창명이 타석에서 부진했었기 때문이었다.

'이번에도 기대하면 안 되겠지?'

박건이 더그아웃 쪽으로 힐끗 고개를 돌렸다.

한창기 감독 역시 6번 타순에 포진한 구창명이 부진하다는 사실을 알고 있었다. 그럼에도 불구하고 그는 오늘 경기를 앞두고 구창명의 타순을 변경하지 않았다.

'왜 바꾸지 않았을까?'

박건이 한창기 감독에게 의아한 시선을 던질 때였다.

"이번에는 기대해도 좋다."

이용운이 말했다.

"왜 기대해도 좋다는 겁니까?"

"위기감을 느꼈을 테니까."

"무슨 위기감요?"

이용운이 대답했다.

"잠재적 포지션 경쟁자가 청우 로열스에 합류했거든."

* * *

딱.

둔탁한 타격음이 흘러나온 순간, 박건이 홈으로 쇄도했다.

'기대해도 좋긴 개뿔.'

구창명이 때린 땅볼타구.

유격수의 앞으로 느리게 굴러갔다.

병살타가 될 확률이 무척 높다고 판단한 박건이 홈플레이트를 통과하며 1루 쪽으로 시선을 던졌다.

슈악.

더블플레이를 완성하기 위해서 2루수가 던진 송구가 1루수에게 향했다.

무난히 더블플레이가 완성되면서 이닝이 끝날 것이라 예상했던 박건의 눈에 전력 질주 후 헤드퍼스트슬라이딩을 감행하는 구창명의 모습이 들어왔다.

"아웃."

1루심이 잠시 고민하다가 아웃을 선언한 순간, 구창명이 벌떡 일어나서 벤치 쪽으로 비디오판독을 해달라고 요구했다.

한창기 감독이 구창명의 요구를 받아들여 비디오판독을 요청했다.

심판진이 모여서 비디오판독을 진행하는 사이, 박건이 상의에 묻은 흙을 털고 있는 구창명에게 새삼스러운 시선을 던졌다.

"처음 봅니다."

"뭘 처음 본다는 거야?"

"구창명 선배가 1루에서 헤드퍼스트슬라이딩을 감행한 것 말입니다."

"내가 아까 말했잖아? 위기감을 느꼈다고. 그래서 변한 거야."

"하지만……."

"전에 내가 FA로이드에 대해 말한 적 있지? 자칫 잘못하면 배준영과의 주전 경쟁에서 밀려서 FA로이드를 사용할 기회조차 사라질 수도 있다. 이런 우려가 들었기 때문에 열심히 할 수밖에 없지."

그 설명을 들은 박건이 쓴웃음을 지은 채 물었다.

"이거였습니까?"

"응?"

"선배님이 말씀하셨던 트레이드 효과요."

"내가 기대했던 효과 중 하나이긴 했지. 그렇지만 이건 시작일 뿐이다. 배준영이 경기에 출전하기 시작하면 더 큰 트레이드 효과가 발생할 것이다."

이용운이 장담했을 때, 비디오판독이 끝났다.

"세이프."

원심이 정정된 순간, 구창명이 만족스러운 표정을 지었다.

2—0.

덕분에 청우 로열스는 추가점을 올리는 데 성공했다. 그리고 2사 1, 3루 상황에서 타석에 들어선 임건우는 이연수의 초구를 받아쳐 우중간을 가르는 장타를 만들며 두 명의 주자를 모두 불러들였다.

4—0.

청우 로열스가 경기 초반에 일찌감치 기선을 제압하는 데 성공했다.

* * *

13—1.

9—4.

청우 로열스와 심원 패롯스의 3연전 1차전과 2차전의 결과였다.

타선의 침묵 속에 후반기 시작과 함께 7연패의 늪에 빠졌던 청우 로열스는 심원 패롯스를 상대로 2연승을 달리며 길었던 연패에서 빠져나왔다. 그리고 청우 로열스의 타선이 폭발한 데는 연패 기간 동안 부진했던 구창명의 활약이 컸다.

상위타선과 하위타선의 연결고리 역할을 맡은 6번 타자 구창명이 출루하는 확률이 높아지자, 청우 로열스 타선의 파괴력이 폭발한 것이었다.

그렇지만 양 팀의 3차전 양상은 달랐다.

심원 패롯스의 선발투수인 윌린 해멀스의 호투에 청우 로열스의 타자들을 꽁꽁 묶였다.

청우 로열스의 선발투수인 조원관도 7이닝 동안 2실점만 허용하는 퀄리티스타트 이상의 호투를 펼친 덕분에 3차전은 투수전 양상으로 흘렀다.

1—2.

심원 패롯스의 8회 말 공격은 1번 타자 이종도부터 시작이었다. 그리고 청우 로열스의 마운드에는 조원관에 이어 차윤수가 올랐다.

“아직 포기 안 했네.”

차윤수는 필승조에 속한 불펜투수.

한창기 감독이 8회 말에 차윤수를 올렸다는 것이 한 점 차로 뒤지고 있는 오늘 경기를 포기하지 않았다는 증거였다.

“지금 한창기 감독은 실수하고 있다.”

그때, 이용운이 말했다.

‘왜 실수했다는 거지?’

잠시 후, 박건이 떠올린 것은 뒤지고 있는 상황에서 필승조에 속한 불펜투수인 차윤수를 투입한 것이었다.

그것 외에 한창기 감독이 실수한 부분은 찾기 어려웠다.

"오늘 경기를 포기하는 편이 맞다는 겁니까?"

그래서 박건이 묻자, 이용운이 대답했다.

"포기하긴 아깝지."

"그래서 한창기 감독님도 차윤수를 마운드에 올린 것 아닙니까? 딱히 실수한 건 없는 것 같은데."

박건이 고개를 갸웃한 순간, 이용운이 다시 말했다.

"한 명 더 교체해야 했다."

"누구요?"

"구창명."

박건이 재차 고개를 갸웃했다.

구창명이 오늘 타석에서 부진하긴 했지만, 수비에서는 특별한 실수 없이 무난한 활약을 펼쳤기 때문이었다.

그때, 이용운이 다시 질문했다.

"독설의 기본이 뭔지 알아?"

"독설에도 기본이 있습니까? 그냥 막 던지는 것 아닙니까?"

"그냥 막 던지면 독설이 아니라 비난이지."

"그게… 다릅니까?"

박건이 보기에는 도긴개긴이었다.

그래서 마뜩잖은 표정으로 묻자, 이용운의 대답이 돌아왔다.

"달라. 독설에는 애정이 담겨 있지만, 비난에는 애정이 없거든."

"진짜 애정이 담긴 것 맞습니까?"

"그렇다니까."

힘주어 대답한 이용운이 덧붙였다.

"독설의 기본은 애정이야. 그래서 아까부터 구창명에게 애정을 갖고 유심히 살폈는데 다리가 풀렸어."

"구창명 선배의 다리가 풀렸다고요?"

"그래. 맛이 갔어. 난 그게 보이는데 한창기 감독은 그걸 캐치하지 못했어. 그리고 이 부분을 캐치 하지 못한 게 화가 되어 돌아올 거야."

이용운이 예언자처럼 말한 순간이었다.

"볼넷."

차윤수가 첫 타자인 이종도를 상대로 풀카운트 승부를 펼친 끝에 볼넷을 내주며 출루를 허용했다.

무사 1루 상황에서 타석에는 2번 타자 임현일이 들어섰다.

슈악.

딱.

차윤수는 자신 있는 구종인 싱커를 던져서 임현일을 상대로 내야땅볼을 유도해 내는 데 성공했다.

느리게 굴러가는 땅볼타구를 처리하기 위해서 유격수 구창명이 전진했다. 그리고 구창명은 타구를 잡자마자 2루로 송구했다.

"세이프."

그러나 2루심은 슬라이딩을 한 이종도의 발이 베이스에 닿는 것이 송구가 2루수의 글러브에 도착한 것보다 더 빨랐다고 판단해 세이프를 선언했다.

그사이, 2루수가 재빨리 1루로 송구했다.

"세이프."

타자주자인 임현일이라도 잡아내기 위해서 애썼지만, 역시 간발의 차로 세이프가 선언됐다.

더블플레이가 만들어지면서 2사 주자 없는 상황이 될 것을 기대했지만, 결과는 무사 1, 2루로 바뀌었다.

"봐. 내 말대로 맞이 갔잖아."

그 순간, 이용운이 언성을 높였다.

"의욕은 충만한데 몸이 못 따라가. 1루 주자가 발 빠른 이종도였으니까 더블플레이를 시키려면 더 과감하게 대시했어야 해. 그런데 다리가 풀려서 그게 뜻대로 안 된 거지. 그럼 본인의 상태를 확실하게 간파하고 더블플레이 대신 타자주자만 확실하게 아웃시키는 선택을 내렸어야 했는데 그것도 못 했어. 어때? 내 말이 맞았지?"

이용운이 잔뜩 흥이 오른 목소리로 물었다.

"참 좋으시겠네요."

박건이 한숨을 내쉬며 대답했다.

유격수 구창명의 실책이 나오면서 청우 로열스는 추가 실점을 허용할 위기에 몰렸다. 그런데 잔뜩 신이 난 듯한 이용운의 목소리가 박건의 신경을 거슬리게 만든 것이었다.

"청우 로열스가 우승, 아니, 일단 가을야구에 진출하기 위해서는 매 경기가 중요합니다. 그런데 추가 실점을 허용하게 되면서 오늘 경기에서 패배할 위기에 처했는데 지금 웃음이 나십니까?"

그래서 박건이 따졌지만, 이용운은 당당하게 대꾸했다.

"좋은 걸 날더러 어쩌란 말이냐?"

"역시."

"역시 뭐냐?"

"청우 로열스에 애정이 있다는 말씀은 거짓말이셨군요."

"거짓말 아니다. 애정이 있기 때문에 좋아하는 것이다."

'이건 또 무슨 궤변이야?'

'귀신은 참 낯짝이 두껍네.'

이런 생각을 하던 박건이 이내 고개를 갸웃했다.

'귀신도 낯짝이 있나?'

박건의 생각이 거기까지 미쳤을 때, 이용운이 덧붙였다.

"구창명이 맛이 갔다는 것을 한창기 감독도 깨달아야 선수 기용에 변화를 꾀할 것이다. 그리고 그편이 청우 로열스의 미래를 위해서 장기적으로 좋다. 그러니 어찌 구창명의 실책에 기뻐하지 않을 수 있겠느냐?"

"그러니까… 이 보 전진을 위한 일 보 후퇴란 뜻입니까?"

박건이 두 눈을 빛내며 질문하자, 이용운의 한숨 소리가 들려왔다.

"너도 참."

"너도 참 뭡니까?"

"표현력 참 빈곤하다."

"……?"

"내가 예전에 했던 말들만 따라 쓰지 않느냐?"

이용운의 정확한 지적에 박건이 뺨을 붉힌 채 경기에 집중했다.

"말 시키지 마십시오."

"왜? 부끄럽냐?"

"경기에 집중이 안 됩니다."

박건의 대답을 들은 이용운이 핀잔을 건넸다.

"언제는 말해달라고 사정하더니."

"그건 그때고 지금은……."

박건이 변명을 꺼낼 때, 이용운이 덧붙였다.

"집중할 필요 없다."

"왜요?"

"어차피 진 경기이니까."

* * *

틱. 데구르르.

심원 패룻스 김상문 감독은 3번 타자 홍대광에게 희생번트 작전을 지시했다.

추가 득점이 중요하다고 판단했기 때문이었다.

홍대광이 침착하게 희생번트 작전을 성공시키면서, 1사 2, 3루로 상황이 바뀌었다.

그러자 한창기 감독은 차윤수에게 심원 패룻스의 4번 타자인 이안 라트리프와의 승부를 피하라고 지시했다.

1사 만루.

추가 실점을 허용하지 않겠다는 의지의 표현이었다.

그렇지만 결과적으로 한창기 감독이 지시한 만루 작전은 실패로 돌아갔다.

6번 타자 최순규가 차윤수를 상대로 좌전 안타를 빼앗아냈기 때문이었다.

1—4.

추가 실점을 허용하며 3점 차로 격차가 벌어졌다. 그리고 청우 로열스는 9회 초 마지막 공격에서 득점을 올리지 못하며 경기는 그대로 끝이 났다.

* * *

심원 패롯스를 상대로 위닝시리즈를 거둔 청우 로열스의 다음 상대는 삼산 치타스였다.

3연전 1차전을 앞두고 한창기 감독이 발표한 선발 라인업을 확인한 이용운이 흐뭇한 목소리로 말했다.

"한창기 감독도 아주 바보는 아니구나."

"왜요?"

"구창명이 맛이 갔다는 것을 알아챘으니까."

"……?"

"구창명을 선발 라인업에서 제외하고 배준영을 기용했지 않느냐?"

박건도 선발 라인업을 확인했기 때문에 이미 그 사실을 알고 있었다.

"그래서 걱정입니다."

"걱정? 왜 걱정하는 것이냐?"

"지난 경기에서 청우 로열스는 겨우 1점을 올렸습니다. 그런데 타격 능력이 좋은 편인 구창명 선배를 선발 라인업에서 제외하고 배준영 선배를 기용했으니 오늘 경기에서는 공격력이 더 하락하지 않겠습니까?"

이게 박건이 우려하는 부분이었다.

배준영이 우송 선더스 소속 선수였을 때, 조일장과의 주전 경쟁에서 밀렸던 이유는 타격 능력에 문제를 드러냈기 때문이었다.

그런 배준영이 오늘 경기에서 선발 라인업에 합류했으니, 청우 로열스의 득점력이 더 빈곤해질 가능성이 높았다.

그렇지만 이용운은 전혀 개의치 않았다.

"그럼 득점을 적게 올리면 되지."

"경기에 패해도 된다는 겁니까?"

"그건 아니지. 1—0 으로 이기나, 10—0으로 이기나 1승인 건 마찬가지다."

"오늘 경기에서 10점씩이나 올릴 가능성은 희박합니다."

"나도 안다. 그럼 1—0으로 이기면 될 것 아니냐?"

"……."

"10—0으로 이긴다고 해서 2승을 주는 것은 아니다."

"진짜 하고 싶은 말씀이 뭡니까?"

"적게 버는 대신 더 적게 쓰면 된다는 뜻이다."

"적게 벌고 더 적게 쓴다?"

그 말을 곱씹던 박건이 비로소 이용운의 말뜻을 이해했다.

구창명이 빠지면서 청우 로열스 타선의 파괴력과 득점력이 떨어지는 것은 어쩔 수 없는 부분이다.

그렇지만 구창명을 대신해서 배준영이 유격수로 나서면서 청우 로열스의 수비는 더욱 견고해졌다.

그러니 득점력이 줄어들긴 하겠지만, 동시에 실점도 줄어들 수 있다는 뜻이었다.

'어느 쪽이 이득일까?'

박건이 고민하고 있을 때였다.

"계산이 잘 안 되지?"

이용운이 웃으며 물었다.

"어떻게 아셨습니까?"

"나도 계산이 잘 안 서는데 네가 계산이 설 리 없지. 힌트를 줄까?"

"힌트요?"

"야구는 투수 놀음이란 말이 괜히 있는 게 아니다."

—야구는 투수 놀음이다.

야구계에 정설처럼 내려오는 격언이었다.

박건도 당연히 들어본 적이 있는 격언.

그렇지만 이 격언이 대체 무슨 힌트인지는 전혀 감이 오질 않았다. 그래서 박건이 머리를 긁적이자, 이용운이 덧붙였다.

"투수의 역할이 승패에 그만큼 큰 영향을 끼친다는 거지. 그런데 투수가 경기에 출전해서 잘 던지기 위해서 가장 중요한 건 수비의 뒷받침이다. 투수가 수비가 좋은 팀으로 이적하고 나서 방어율이 1점 이상 줄어드는 케이스가 왜 발생할까? 수비의 뒷받침이 좋은 투수를 만든다는 증거다."

"공격보다 수비가 먼저라는 뜻입니까?"

이용운이 대답했다.

"그래. 화려함은 줄지만, 팀이 견실해지거든. 두고 보거라. 배준영이 청우 로열스를 견실한 팀으로 만들 것이다."

*　　　*　　　*

1—1.

청우 로열스와 삼산 치타스의 경기는 전문가들의 예상과 달리 투수전으로 흘렀다.

강운규 VS 제임스 베이.

양 팀이 3연전 1차전에 내세운 선발투수의 면면이었다.

선발투수의 무게추가 제임스 베이 쪽으로 일방적으로 기울었기에 삼산 치타스의 우세를 예상한 전문가들이 많았는데.

막상 뚜껑을 열어보니 청우 로열스의 5선발투수인 강운규가 제임스 베이와 비교해 전혀 손색이 없는 깜짝 호투를 펼치며 투수전 양상으로 경기를 이끌어간 것이었다.

그렇지만 7회 초에 접어든 후, 강운규는 갑자기 흔들리기 시작했다.

첫 타자인 조동걸을 포수 파울플라이로 손쉽게 잡아냈지만, 3번 타자 서수찬과 4번 타자 앤드류 크레익에게 잇따라 볼넷을 허용했다.

1사 1, 2루 상황에서 강운규는 이천식을 상대했다.

슈악.

따악.

이천식은 강운규의 초구를 노려 쳐 좌전 안타를 만들어냈다.

박건이 전진하면서 타구를 잡아내 지체 없이 홈으로 송구했다.

쉬이익.

낮은 포물선을 그리면서 날아간 박건의 송구는 홈플레이트 앞에서 기다리던 포수의 미트로 정확하게 도착했다.

그렇지만 홈승부는 이뤄지지 않았다.

삼산 치타스의 3루 주루코치가 서수찬을 3루에서 막아 세웠기 때문이었다.

'아쉽다.'

박건이 아쉬움을 느낀 이유는 만약 서수찬이 3루 베이스를 통과해서 홈으로 쇄도했다면 아웃 타이밍이었기 때문이었다.

만약 홈승부를 펼친 끝에 서수찬을 아웃시켰다면?

아웃카운트를 하나 늘릴 뿐만 아니라 삼산 치타스의 상승세에 찬물을 끼얹을 수 있었을 것이었다.

그래서 박건이 아쉬움을 감추지 못하고 있을 때, 한창기 감독이 마운드를 방문했다.

'교체 타이밍.'

볼넷 2개와 안타를 허용하면서 강운규는 1사 만루의 위기에 몰려 있었다. 그래서 강운규가 교체될 가능성이 높다고 판단했지만, 한창기 감독의 선택은 달랐다.

강운규와 짧은 대화를 나눈 후 투수 교체를 단행하지 않고 더그아웃으로 돌아갔다.

'투수 교체 타이밍을 놓친 게 아닐까?'

박건이 내심 우려하고 있을 때였다.

슈악!

따악.

삼산 치타스의 6번 타자 차민용이 강운규의 4구째 슬라이더를 공략했다.

'빠졌다.'

배트 중심에 잘 맞은 타구 속도는 빨랐다.

유격수와 3루수 사이를 빠져나가는 적시타가 될 거라고 판단한 박건의 표정이 딱딱하게 굳어졌을 때였다.

구창명을 대신해 오늘 경기에 유격수로 출전한 배준영이 역동작으로 타구를 잡아낸 후, 지체하지 않고 3루로 송구했다. 그리고 3루수는 빠르게 1루로 송구했다.

발이 느린 편인 차민용이 전력 질주 했지만, 3루수가 던진 송구가 1루수가 앞으로 쭉 내밀고 있던 글러브에 도착하는 것이 더 빨랐다.

"아웃."

'더블아웃!'

그 일련의 과정을 지켜보던 박건이 놀란 표정을 지었다.

당연히 역동작으로 어렵게 타구를 잡아낸 배준영이 2루로 송구를 할 거라고 예상했었다. 그렇지만 배준영의 선택은 달랐다.

2루로 송구하지 않고, 3루로 송구했다.

'만약 무리하게 2루로 송구하려고 했다면?'

송구 실책이 나왔을 가능성이 높았다.

그런데 배준영이 3루로 송구하는 것을 선택하면서 송구가 편해졌다. 그리고 송구에 걸리는 시간이 짧아지면서 타자주자까지 1루에서 잡아낼 수 있게 된 것이었다.

'찰나의 순간에 내린 판단이 완벽했어.'

박건이 감탄을 금치 못한 채 호수비를 펼친 배준영을 바라보고 있을 때, 이용운이 들뜬 목소리로 소리쳤다.

"봤냐? 이게 내가 배준영을 영입해야 한다고 주장했던 이유다."

* * *

"시야가 넓고 순간적인 판단력이 뛰어난 것이 배준영의 장점이다."

이용운의 이야기를 듣던 박건이 고개를 끄덕였다.

7회 초를 마무리한 배준영의 호수비는 대단했다.

넓은 수비 범위와 순간적인 판단력, 그리고 뛰어난 반사신경까지.

모든 것들이 한데 어우러졌기 때문에 이런 호수비를 펼칠 수 있었던 것이었다.

"구창명이었다면 타구를 잡자마자 무조건 2루로 송구하는 것을 선택했을 것이다. 송구 실책을 범했을 가능성이 높았지. 그랬다면 강운규는 멘탈이 나갔을 거고, 오늘 경기를 내줬을 것이다. 이게 바로 배준영 효과다."

박건이 반박하지 못하고 고개를 끄덕여 수긍했다.

'배준영이 아닌 구창명이 유격수로 출전했다면?'

구창명은 분명히 3루가 아닌 2루로 송구하는 선택을 내렸을 것이었기 때문이었다.

그때였다.

"후배도 잘했다."

이용운이 불쑥 칭찬을 건넸다.

"방금 저한테 하신 칭찬입니까?"

"그래."

"갑자기 왜 이러시는 겁니까? 적응 안 되게시리."

이용운에게 칭찬을 들은 기억이 거의 없었다. 그래서 박건이 당황했을 때, 이용운이 덧붙였다.

"나도 잘한 건 잘했다고 칭찬한다."

"그럼… 지금까지는 왜 칭찬을 안 하셨던 겁니까?"

"딱히 잘한 게 없으니까."

박건이 서운하고 억울한 표정을 지었다.

송이현 단장이 웨이버공시 된 박건을 청우 로열스로 영입한 것.

무척 성공적인 영입이란 평가를 받고 있었다.

그런데 이용운은 여전히 칭찬에 인색했다.

"그런데 제가 뭘 잘했다는 겁니까?"

잠시 후, 박건이 고개를 갸웃했다.

오늘 경기에서 자신이 잘한 것이 딱히 떠오르지 않았기 때문이었다.

"아까 서수찬이 홈으로 파고드는 것을 막았지 않느냐?"

"홈승부가 펼쳐지지 않았는데요?"

"꼭 싸워서 이겨야만 전쟁에서 승리하는 게 아니다."

"……?"

"가장 좋은 것은 싸우지 않으면서 전쟁에서 승리하는 것이지."

이용운이 설명을 더했다.

"후배의 어깨가 무척 강해서 홈승부를 펼칠 경우, 2루 주자였던 서순찬이 아웃될 가능성이 높다. 2루 주자였던 서수찬의 발이 느린 편이 아닌데도 이천식의 좌전 안타 때 3루 주루코치가 홈승부를 막아 세웠던 이유였다. 덕분에 청우 로열스는 실점을 허용하지 않았고, 결과적으로 배준영의 호수비가 뒤이어 나오면서 실점 없이 7회 초 이닝을 마무리했던 셈이지."

"수비를 잘했다는 뜻이죠?"

"맞다. 너와 이필교, 그리고 임건우로 구성된 청우 로열스의 외야 수비는 이미 KBO 리그 톱클래스 수준의 수비력을 보여주고 있었다. 문제는 청우 로열스의 내야 수비였지. 그런데 배준영이 합류하면서 청우 로열스의 내야 수비도 KBO 리그 톱클래스 수준으로 올라섰다. 현재 청우 로열스의 수비진이라면 지키는 야구가 가능하다."

이용운이 장담했다.

'지키는 야구라.'

박건이 그 말을 되뇌다가 이내 답답한 표정을 지었다.

'지킬 게 있어야 지키는 야구를 하지.'

7회 초가 끝난 현재 스코어는 1—1.

청우 로열스는 리드를 잡지 못하고 있었다.

앤서니 쉴즈가 솔로홈런을 터뜨려 얻은 1점을 제외하고는 전혀 득점을 올리지 못하고 있었다.

'3타수 무안타.'

경기 전, 박건의 우려대로 배준영은 타석에서 부진했다.

이대로라면 추가점을 올리기 어렵다는 생각이 들어서 박건이 답답한 표정을 짓고 있을 때였다.

"득점을 못 올려서 답답하냐?"

이용운이 귀신같이, 아니, 귀신답게 박건의 속내를 정확히 간파하고 물었다.

"좀 답답하긴 하네요."

박건이 솔직히 대답한 순간, 이용운이 덧붙였다.

"답답하면 네가 하든가."

제7장

딱.

7회 말의 선두타자인 김천수가 때린 타구는 높이 솟구쳤다.

그렇지만 내야를 벗어나지 못하고 2루수에게 잡혔다.

"내가… 해라?"

대기타석에 들어선 박건이 혼잣말을 꺼냈다.

"답답하면 네가 하든가."

아까 이용운이 건넸던 말이었다.

그 이야기를 들은 순간, 박건은 정신이 번쩍 드는 느낌이었다.

호타준족인 강한 2번 타자.

청우 로열스의 2번 타순에 포진된 박건에게 맡겨진 임무였다.

그동안 박건은 호타준족을 뽐내면서 나름대로 자신에게 맡겨진 임무를 충실히 수행해 왔다. 그렇지만 아쉬움이 없는 것은 아니었다.

호타준족인 2번 타자 역할만 해냈기 때문이었다.

'강한 2번 타자는 아니었어.'

박건이 때려낸 안타 중에는 장타보다 단타의 비중이 훨씬 높았다.

또, 강타자의 지표라 할 수 있는 홈런 개수도 총 세 개에 불과했다.

그러다 보니 자연스레 타점 개수도 많지 않았다.

중심타선에 포진된 타자들 못지않게 많은 타점을 생산해 내는 것이 강한 2번 타자의 조건이라는 점을 감안하면, 강한 2번 타자라고 불리기에는 한참 부족했던 것이 사실이었다.

"어떻게 하면 강한 2번 타자가 될 수 있을까요?"

대기타석에 들어선 박건이 비장한 표정으로 질문했다.

"잘 치면 되지."

이용운에게서 대답이 돌아온 순간, 박건이 슬쩍 미간을 찌푸렸다.

우문현답(愚問賢答)이란 표현이 딱 어울리는 대답이 돌아왔기 때문이었다.

그럼에도 불구하고 박건이 못마땅한 기색을 드러낸 이유는 이용운의 대답이 너무 불친절했기 때문이었다.

'내 탓이지.'

잠시 후, 박건이 자책했다.

조금 전에 던졌던 질문이 애매했기 때문에, 불친절한 대답이 돌아온 거란 생각이 들어서였다.

그래서 박건이 다시 질문했다.

"장타를 만들어낼 수 있는 방법이 없을까요?"

"준비를 해야지."

"무슨 준비요?"

"장타를 때려낼 수 있을 정도로 파워와 유연성을 길러야지."

'다 옳은 이야기네.'

박건이 반박하는 대신 한숨을 내쉬었다.

문제는 시간.

'그러니까 어느 세월에 준비를 마친단 말이야?'

박건이 속으로 이렇게 불평을 털어놓고 있을 때, 이용운이 말했다.

"준비는 벌써 끝났다."

'준비가… 끝났다고?'

박건이 놀란 표정을 지은 채 물었다.

"언제요?"

"벌써 끝났다니까."

"나도 모르는 사이에 준비가 끝났다는 게 말이 됩니까?"

"그게 문제다."

"……?"

"본인이 벌써 준비를 끝마쳤다는 사실조차도 모른다는 게 문제란 뜻이다."

박건이 머리를 긁적였다.

'언제 내가 준비를 마쳤지?'

그리고 의문을 품은 순간, 이용운이 말했다.

"그동안 훈련은 괜히 했겠냐?"

*　　　　*　　　　*

식단 조절과 루틴를 거르지 않는 꾸준한 훈련.

이용운과 영혼의 파트너가 된 후, 박건의 달라진 부분들이었다.

'몸이 가벼워진 느낌.'

덕분에 몸이 이전에 비해 가벼워졌다는 느낌을 받긴 했지만, 딱 거기까지였다.

'과연 식단 조절과 꾸준한 훈련이 언제쯤 본격적으로 효과를 발휘하기 시작할까?'

박건도 항상 궁금해하던 부분이었다.

그런데 이용운은 이미 식단 조절과 훈련의 성과 덕분에 준비는 끝마쳐져 있다고 이야기하고 있었다.

물론 박건은 순순히 그 말을 믿기 어려웠다.

"똑같은데요."

"뭐가 똑같다는 거냐?"

"타구의 비거리요."

예전과 지금, 박건이 생산해 내는 타구의 비거리는 큰 차이가 없었다.

장타보다 단타의 비중이 훨씬 높은 것이 그 증거였다.

"그거야 당연하지."

잠시 후, 이용운에게서 돌아온 대답을 들은 박건이 발끈했다.

"아까 준비가 끝났다면서요?"

"준비는 끝났지."

"그런데 왜 달라진 게 없는 겁니까?"

"타격폼이 그대로니까."

"네?"

이용운이 덧붙였다.

"가족이 늘어나면 살고 있던 집의 크기도 늘려야 당연한 것 아니냐? 그런데 그 당연한 것을 안 하니까 달라지는 게 없지."

* * *

"근육량이 늘면서 몸이 변했다. 그러니 타격폼도 바꿔야 할 것 아니냐?"

조금 전, 이용운이 했던 비유에 숨은 진짜 의미였다.

슈악.

부우웅.

그때, 타석에 들어서 있던 고동수가 풀카운트 승부 끝에 제임스 베이의 포크볼에 속아서 헛스윙 삼진을 당했다.

그 모습을 확인한 박건의 마음이 조급해졌다.

'아직 준비가 안 됐는데.'

박건이 최대한 천천히 타석을 향해 걸어가며 이용운에게 물었다.

"타격폼을 어떻게 바꾸라는 겁니까?"

"오오, 단번에 알아들은 게 대체 얼마 만이냐?"

이용운이 기특하다는 듯이 칭찬했다.

그렇지만 지금 칭찬을 받았다고 해서 좋아할 때가 아니었기에 박건이 재촉했다.

"어떻게 바꾸는 게 좋을까요?"

"레그 킥 높이를 낮추고 배트를 좀 더 길게 잡아라. 그리고 타석에 설 때도 기존보다 조금 앞으로 이동해라."

'주문 참 많네.'

박건이 한숨을 내쉬었다.

막상 타격폼을 급하게 수정할 생각을 하니 마음에 걸리는 것들이 한두 가지가 아니었다.

우선 타격폼을 바꾸는 것이 과연 옳은가 여부부터 신경이 쓰였다.

'현재의 타격폼이 최선이다.'

박건이 은연중에 이런 생각을 머릿속에 갖고 있었기 때문이었다.

해서 박건이 망설이고 있을 때, 이용운이 핀잔을 건넸다.

"타격폼을 바꾸기 싫으면 지금처럼 그저 그런 선수로 남든가."

"만약 타격폼을 바꿨다가 더 안 좋은 결과가 나오면 어떻게 합니까?"

박건이 노파심을 이기지 못하고 질문하자, 이용운이 한숨과 함께 입을 뗐다.

"후배는 참 특이하군."

"왜 특이하다는 겁니까?"

"그런 걱정은 보통 잃을 게 많은 사람이 하는 법이거든."

"……?"

"가진 게 쥐뿔도 없으면서 왜 이리 걱정이 많아?"

박건이 뚱한 표정으로 대답했다.

"쥐꼬리만큼 가진 것까지 잃어버리게 될까 봐 그럽니다."

"참 걱정도 팔자다."

"왜 걱정도 팔자라는 겁니까?"

"바꿔보고 이게 아니다 싶으면 원상 복귀 하면 되잖아?"

'틀린 말은 아니네.'

박건이 그제야 가장 마음에 걸리는 부분을 해결했다. 그렇지만 아직 끝이 아니었다.

여전히 마음에 걸리는 것들이 남아 있었기 때문이었다.

"레그 킥의 높이를 얼마나 낮출까요?"

"조금만 낮춰."

"그럼 배트는 얼마나 길게 잡을까요?"

"알아서 해."

"타석의 위치는 얼마나 앞으로 옮길까요?"

"적당히 옮겨."

이용운이 꺼낸 대답들은 정량화된 수치와는 거리가 멀었다.

미세한 변화에도 타격폼이 흐트러지면서 나쁜 결과가 나오게 마련.

그래서 박건이 막막한 표정을 짓고 있을 때, 이용운이 물었다.

"오늘 주심이 누군지 알아?"

"모르는데요."

"황운혁이다."

'갑자기 왜 주심 이야기를 꺼내는 거지?'

박건이 고개를 갸웃했다.

이용운이 뜬금없이 주심 이야기를 꺼내는 이유를 알 수 없어서였다.

"그게 중요합니까?"

해서 박건이 마뜩잖은 표정으로 질문하자, 이용운이 대답했다.

"물론 중요하다."

"왜 중요합니까?"

"후배를 싫어하거든."

"저를요? 왜요?"

황운혁 주심에 대해 박건은 아는 게 없었다.

아니, 황운혁뿐만 아니라 심판진들에게 박건은 관심이 없었다.

그러니 악연으로 얽힐 이유가 없다고 생각했는데.

"내가 주심이라도 싫어하겠다. 매번 타석에서 시간을 끄니까."

'아!'

비로소 상황을 간파한 박건이 주심 쪽으로 시선을 던졌다.

어김없이 못마땅한 시선을 던지는 황운혁 주심과 눈이 마주친 순간, 박건이 미안한 표정을 지었다.

훠이. 훠이.

"날파리가 절 특히 좋아하네요."

박건이 손을 휘저어 날파리를 쫓는 척하면서 변명을 꺼냈다.

더 시간을 끌다가는 주심에게 밉보일 터.

박건이 더 버티지 못하고 타격 준비를 시작했다.

'레그 킥 높이를 낮추고, 배트를 좀 더 길게 쥔다.'

이용운이 아까 지시한 것을 기억하며 배트를 쥔 손의 위치를 바꿨을 때, 제임스 베이가 와인드업을 했다.

슈아악.

"스트라이크."

바깥쪽 스트라이크존을 통과한 직구를 가만히 바라본 박건이 손을 들어 헬멧을 툭 쳤다.

'수 싸움을 안 했구나.'

아까부터 뭔가 빠뜨렸다는 생각이 들었는데.

수 싸움을 빼먹고 타석에 들어선 것이었다.

'왜 이리 할 게 많아?'

박건이 한숨을 푹 내쉬었을 때, 이용운이 물었다.

"바쁘지?"

"정신없네요."

"역시 내 도움이 없으면 안 되겠지?"

'생색은.'

성질 같아서는 당신 도움 따윈 필요 없다고 소리치고 싶었다.

그러나 진짜로 바쁘긴 했기 때문에 박건이 고분고분 대답했다.

"제 영혼의 파트너인 선배님의 소중함을 새삼 깨달을 수 있는 기회였습니다."

"그럼 수 싸움은 내가 대신해 주마. 2구로 바깥쪽 슬라이더가 들어올 거다."

'바깥쪽 슬라이더라.'

박건이 두 눈을 빛내며 타격 준비를 마친 순간, 제임스 베이가 와인드업을 마치고 2구째 공을 던졌다.

슈악.

이용운의 예측대로였다.

바깥쪽 슬라이더를 확인한 박건이 망설이지 않고 배트를 휘둘렀다.

'레그 킥의 높이를 살짝 낮추고… 가만, 뭔가 빠졌는데.'

스윙을 가져가던 도중 박건이 흠칫했다.

잠시 후, 박건은 본인이 놓친 것이 무엇인지 알아챘다.

'타석의 위치를 안 바꿨어.'

이용운은 원래 서 있던 타석의 위치보다 조금 더 앞쪽으로 타석의 위치를 이동하는 편이 낫다고 조언했었는데.

워낙 정신이 없었던 탓에 그 조언을 깜박한 것이었다.

'너무 늦었어.'

이미 스윙을 하는 중에 타석의 위치를 바꿀 수는 없는 노릇이었다. 그래서 박건이 두 눈을 질끈 감은 채 배트를 끝까지 돌렸다.

따악.

묵직한 타격음이 흘러나온 순간, 박건이 감았던 눈을 떴다.

타다닷.

1루로 달려가던 박건이 타구의 궤적을 눈으로 좇았다.

"어?"

잠시 후, 박건이 놀란 표정을 지었다.

타구가 예상보다 더 멀리 뻗었기 때문이었다. 그리고 멀리 뻗어 나간 타구는 외야 펜스를 살짝 넘기고 떨어졌다.

1—1의 균형을 깨뜨리는 솔로홈런.

'넘어갔다!'

박건이 불끈 움켜쥔 주먹을 허공에 들어 올렸다.

*　　　　*　　　　*

〈청우 로열스의 가파른 상승세. 과연 끝은 어디일까?〉

관중석에서 태블릿피시에 떠올라 있는 기사의 제목을 확인한 송이현이 흐뭇한 웃음을 머금었다.

14승 5패.

삼각 트레이드를 단행하고 난 후, 청우 로열스가 기록한 성적이었다.

트레이드를 통해 새로이 팀에 합류한 배준영이 기존 청우 로열스 부동의 유격수였던 구창명을 대신해 주전 유격수로 활약하기 시작한 후, 청우 로열스는 가파른 상승세를 탔다.

솔직히 말하면 이번 삼각 트레이드를 주도했던 송이현조차도 전혀 예상치 못했을 정도로 배준영 효과는 무척 컸다.

〈모두의 예상을 빗나가게 만든 트레이드 손익계산서. 삼각 트레이드의 최고 수혜자는 청우 로열스였다.〉

얼마 전 단행됐던 삼각 트레이드의 손익을 계산한 기사를 발견한 송이현이 잠시 후 스크롤을 아래로 내렸다.

—청우 로열스가 최고 수혜자가 될 줄이야.

—야알못이라고 욕했던 내가 야알못이었음 ㅠㅠ

—박건, 임건우, 그리고 배준영까지. 청우 로열스로 이적한 후에 다 날아다님, 청우 로열스 프런트 혜안 오졌음.

—송이현 단장님, 낙하산이라고 욕했던 것 사과합니다. 사랑합니다.

"이 자식, 금사빠네……."

기사 하단에 달려 있는 댓글들을 살피던 송이현이 웃으며 입을 뗐다.

자신을 낙하산이라고 욕했던 것을 사과하며 사랑한다는 말도 덧붙인 댓글을 쓴 네티즌의 아이디.

낯이 익었다.

낙하산이다, 여자 단장이 야구에 대해 뭘 알겠냐? 청우 로열스는 망했다. 선수 보는 눈이 해태 저리 가라다 등등.

꾸준히 청우 로열스와 관련된 기사에 악성댓글을 달았기 때문에 송이현이 아이디를 기억하고 있는 것이었다.

그렇게 일관되게 욕하더니, 갑자기 사랑한다고 뜬금 고백을 하는 것을 보니 금사빠, 즉 금방 사랑에 빠지는 스타일이 틀림없었다.

태블릿피시에서 시선을 뗀 송이현이 제임스 윤에게 고개를 돌렸다.

"이제 쓰레기에서 탈출했으니까 기분 좀 풀렸죠?"

삼각 트레이드가 이뤄진 후, 청우 로열스의 스카우트 팀장인 제임스 윤은 '쓰레기'라는 극단적인 표현까지 들을 정도로 심하게 욕을 먹었었다.

그런데 트레이드 이후 청우 로열스가 무시무시한 상승세를 타며 리그 순위가 4위까지 치솟은 덕분에 제임스 윤에 대한 평가도 바뀌었다.

그래서 송이현이 기분을 묻자, 제임스 윤이 웃으며 대답했다.

"아직 탈출 못 했습니다."

"네?"

"그냥 쓰레기에서 재활용 쓰레기로 승격했습니다."

"그래요?"

"송성문 선수까지 활약하면 쓰레기 탈출이 가능할 것 같습니다."

제임스 윤이 덧붙인 말을 들은 송이현이 웃으며 입을 뗐다.

"이번에도 '독한 야구' 해설자가 한 말이 맞았네요."

"어떤 부분 말입니까?"

"배준영 영입 효과로 청우 로열스는 상승세를 타면서 상위권에 진입할 거다. '독한 야구' 방송 중에 이렇게 예측했잖아요."

방송을 통해 그 예측을 들었을 때만 해도 송이현은 그 예측이 적중할 거라고 확신하지 못했다.

'배준영 영입 효과가 정말 그 정도로 대단하겠어?'

이런 생각을 은연중에 갖고 있었기 때문이었다.

그런데 '독한 야구' 진행자의 예측은 또 적중했다.

배준영 영입 효과는 무척 컸다.

구창명을 대신해서 배준영이 유격수로 출전하면서, 청우 로열스의 내야 수비는 눈에 띄게 달라졌다.

이전에 비해 확실히 견고해졌고 안정감이 느껴졌다.

덕분에 경기당 평균 실점이 확 줄어들면서 청우 로열스의 성적도 가파르게 상승세를 탄 것이었다.

그때, 제임스 윤이 입을 뗐다.

"여전하시네요."

"뭐가 여전하다는 건가요?"

"듣고 싶은 말만 들으시는 거요."

"……?"

"'독한 야구' 진행자가 화무십일홍이란 표현을 썼던 것, 못 들으셨습니까?"

"그런 말도 했었나요?"

금시초문이었기에 송이현이 묻자, 제임스 윤이 한숨을 내쉬며 대답했다.

"역시 여전히 듣고 싶은 말만 들으시는군요."

제임스 윤의 지적을 받은 송이현이 멋쩍게 웃으며 입을 뗐다.

"정말 그런 말을 했나요?"

"네."

"열흘 붉은 꽃은 없으니까 언젠가 청우 로열스의 상승세가 꺾인다는 뜻이로군요."

"맞습니다."

송이현이 천천히 고개를 끄덕였다.

현재 청우 로열스의 기세가 상승세라고 해도 시즌이 끝날 때까지 청우 로열스의 기세가 계속 좋을 수는 없었다.

언젠가는 상승세가 꺾일 거라는 것.

송이현도 당연히 예상하고 있는 부분이었다.

그때, 제임스 윤이 말했다.

"그럼 '독한 야구' 진행자가 화무십일홍이란 말을 꺼낸 다음에 덧붙인 사자성어도 못 들으셨겠군요."

"뭐라고 했나요?"

제임스 윤이 대답했다.

"호사다마(好事多魔)."

*　　　*　　　*

청우 로열스와 여울 데블스의 3연전 2차전.

한창기는 라이언 벤슨을 선발투수로 내세웠다.

라이언 벤슨 VS 짐 모리스.

각각 팀의 2선발을 맡고 있는 두 명의 외국인 투수가 선발투수로 출전한 만큼, 투수전이 펼쳐질 거라고 한창기는 예상했다.

그렇지만 경기는 한창기의 예상과 다른 방향으로 흘러갔다.

1회 초에 여울 데블스의 4번 타자인 제이슨 베리택에게 투런홈런을 허용했던 라이언 벤슨은 3회 초에도 다시 위기를 자초했다.

3회 초의 선두타자인 임훈기에게 볼넷을 허용한 후, 후속 타자인 제이슨 베리택에게 좌중간 2루타를 허용했다.

라이언 벤슨이 무사 2, 3루의 위기에 몰린 순간, 한창기가 투수코치에게 마운드를 방문하라고 지시했다.

그사이, 한창기의 고민이 깊어졌다.

'이기고 싶다.'

오늘 경기 전까지 청우 로열스는 6연승을 달리고 있었다.

기왕이면 오늘 경기까지 승리해서 연승을 이어나가고 싶었다.

잠시 후, 한창기가 라이언 벤슨에게 우려 섞인 시선을 던졌다.

"라이언 벤슨은 계속 부진하군."

전반기까지 팀의 2선발 역할을 충실히 해줬던 라이언 벤슨은 후반기에 접어든 후 기복이 심한 모습을 보여주고 있었다.

청우 로열스의 최근 성적이 워낙 좋았기에 가려져 있었지만, 라이언 벤슨의 부진이 한창기는 마음에 걸렸다.

"여기까지."

이미 0—2로 끌려가고 있는 상황.

라이언 벤슨은 3회에도 무사 2, 3루의 실점 위기를 맞이했다.

아직 경기 초반이긴 하지만, 여기서 더 실점한다면 역전하기 어려울 거란 생각이 들었다.

'추격조? 필승조?'

라이언 벤슨의 교체를 준비하던 한창기가 고민에 잠겼다.

마음 같아서는 필승조를 마운드에 올리고 싶었다.

그렇지만 청우 로열스가 연승을 달리는 과정에서 필승조에 속해 있는 차윤수와 백철기는 꾸준히 등판했다.

'3연투.'

오늘까지 출전한다면, 차윤수와 백철기 모두 3연투를 하는 셈이었다.

'내일 비가 온다는 예보가 있었어.'

그로 인해 고민하던 한창기가 기상청의 예보를 떠올렸다.

강수확률이 80% 이상이라고 했으니까, 내일 경기는 우천 취소가 될 확률이 높았다.

'차윤수를 마운드에 올려서 일단 실점을 막고 난 후, 홍원우를 롱릴리프로 활용하면서 역전을 노리자.'

고민 끝에 투수 운용 계획을 결정한 한창기가 차윤수를 준비시켰다.

"볼넷."

라이언 벤슨이 여울 데블스의 6번 타자인 장영운을 상대로 풀카운트 승부 끝에 볼넷을 허용하며 상황은 무사만루로 바뀌었다.

그 순간, 한창기가 마운드로 걸어 올라갔다.

"투수 교체합니다."

한창기가 라이언 벤슨에게서 건네받은 공을 차윤수에게 넘겼다.

"이번 이닝만 막아라."

차윤수가 고개를 끄덕였다.

마운드에서 내려와 더그아웃으로 돌아오던 한창기가 고개를 돌렸다.

'왜일까?'

차윤수의 등을 바라보던 한창기는 이유를 알 수 없는 불안감을 느꼈다.

*　　　　*　　　　*

슈악.

차윤수가 던진 바깥쪽 커브에 여울 데블스의 7번 타자 김민수가 배트를 휘둘렀다.

딱.

타이밍을 빼앗긴 김민수가 때린 타구는 멀리 뻗지 못했다.

"홈승부를 못 할 것이다. 강하게 던지려고 하지 말고 정확하게 송구해라."

박건이 원래 수비위치에서 세 걸음가량 전진해서 타구를 잡을 준비를 하고 있을 때, 이용운이 조언했다.

'정확한 지적.'

박건의 어깨가 무척 강하다는 것.

이제 널리 알려져 있었다.

짧은 외야플라이인 데다가, 박건의 강한 어깨를 감안하면 3루주자인 임훈기가 태그업을 시도해서 홈으로 파고들 확률은 낮았다.

지금은 강한 송구보다 만에 하나 발생할 송구 실책을 염두에 두고 정확한 송구를 하는 게 필요했다.

쉬익.

박건의 송구가 원바운드로 포수에게 정확하게 전달됐다. 그리고 예상대로 임훈기가 태그업을 시도하지 않으면서 홈승부는 벌어지지 않았다.

1사 만루로 변한 상황에서 타석에는 7번 타자 이의상이 등장했다.

슈악.

딱.

이의상 역시 차윤수의 3구째 슬라이더를 공략해 외야플라이를 만들어냈다.

다른 점은 좌익수 방면이 아니라 우익수 방면으로 향하는 외야플라이라는 것이었다.

임건우가 조금 전진하면서 타구를 잡자마자, 홈송구를 했다.

타다닷.

3루 주자인 임훈기가 태그업을 시도했다. 그러나 그는 이번에도 홈으로 파고들지 못했다.

임건우 역시 박건 못지않은 강한 어깨의 소유자.

임훈기는 스타트를 끊었다가 송구의 방향이 정확하다는 것을 확인하고 다시 3루로 귀루했다.

무사만루 상황에서 외야플라이 두 개가 나왔음에도 여울 데블스는 추가 득점을 올리는 데 실패했다.

2사 만루에서 8번 타자 고유원이 타석에 들어섰다.

슈아악.

따악.

타석에서 집중력을 발휘하던 고유원은 차윤수가 던진 5구째 바깥쪽 직구를 노려 쳤다.

'빠졌다.'

투수의 곁을 빠르게 스치고 지나가는 배트 중심에 잘 맞은 땅볼타구를 확인한 박건이 중전안타를 허용했다고 판단한 순간이었다.

2루 베이스를 넘어간 타구를 향해 배준영이 몸을 던졌다.

배준영이 슬라이딩을 하며 타구를 잡아낸 후, 다시 일어나지 않은 채 2루로 공을 토스했다.

미리 2루 베이스에 도착해 있던 2루수의 글러브 속으로 배준영이 한 토스 송구가 정확히 전달됐다.

"아웃!"

2루심이 아웃을 선언하며 청우 로열스는 무사만루의 위기에서 추가 실점을 허용하지 않고 3회 초 수비를 마무리했다.

*　　　*　　　*

3회 말 청우 로열스의 공격.

1사 주자 없는 상황에서 타석에 들어선 고동수는 짐 모리스를 상대로 내야안타를 빼앗아냈다.

1사 1루 상황에서 박건이 타석으로 들어섰다.

'장타를 기록해서 추격하는 점수를 만들 수 있지 않을까?'

한창기가 타석에 선 박건을 보며 기대를 품었다.

최근 들어 박건의 장타력이 부쩍 상승한 상황이었기 때문이었다.

그리고 박건은 한창기의 기대에 부응했다.

슈악.

따악.

살짝 가운데로 몰린 짐 모리스의 슬라이더를 공략해서 우중간을 반으로 가르는 장타를 빼앗아냈다.

일찌감치 스타트를 끊은 발 빠른 1루 주자 고동수가 3루를 통과해 멈추지 않고 홈으로 파고들었다. 그러나 한창기의 시선은 홈으로 파고드는 주자인 고동수가 아닌 타자주자 박건에게 향해 있었다.

2루 베이스 근처에 도착한 박건은 속도를 늦추지 않았다.

오히려 달리던 속도를 끌어 올리며 2루 베이스를 통과한 박건은 3루 베이스를 노렸다.

여울 데블스 수비진의 중계플레이는 깔끔했다.

아슬아슬한 타이밍.

박건이 헤드퍼스트슬라이딩을 시도한 순간, 3루수의 글러브에 송구가 도착했다.

"세이프."

후우.

3루심이 팔을 벌리며 세이프를 선언한 순간, 한창기가 안도의 한숨을 내쉬었다.

"빨라."

잠시 후, 한창기가 혼잣말을 꺼냈다.

여울 데블스 수비진의 중계플레이는 딱히 흠을 찾기 어려울 정도로 깔끔했다.

그럼에도 불구하고 박건은 3루에 안착하는 데 성공했다.

단순히 발만 빠른 것이 아니었다.

'우익수 백상우의 어깨가 약하다는 것을 간파했어.'

상황판단이 빠르고 정확했기 때문에 박건은 과감한 베이스러닝을 펼쳐서 3루에서 세이프 선언을 받아낼 수 있었던 것이었다.

1—2.

위기 뒤에 기회가 찾아왔다.

박건의 적시 3루타로 추격점을 올린 청우 로열스의 찬스는 아직 끝이 아니었다.

1사 3루 상황에서 타석에 들어선 3번 타자 양훈정은 짐 모리스의 바깥쪽 슬라이더를 밀어 쳤다.

딱.

'얕다.'

양훈정이 때린 타구의 궤적을 확인한 한창기가 눈살을 찌푸렸다.

우익수 방면으로 날아가는 외야플라이.

3회 초, 1사 만루 위기에서 여울 데블스의 이의상이 때려냈던 외야플라이와 코스와 비거리가 거의 동일했다.

'홈승부는 어렵지 않을까?'

그래서 한창기가 예상했을 때였다.

타다닷.

3루 주자인 박건이 태그업을 시도해서 홈으로 파고들었다.

여울 데블스의 우익수인 백상우가 전력으로 던진 송구가 홈으로 날아들었다.

'높아.'

홈승부를 지켜보던 한창기가 안도했다.

백상우가 강하게 던진 송구는 홈승부를 펼치기 위해서 홈플레이트 앞에서 대기하던 포수의 키를 훌쩍 넘겼다.

덕분에 홈승부 자체가 이뤄지지 않았다.

2—2.

3회 말 공격에서 동점을 만드는 데 성공한 한창기가 감독석에서 일어섰다.

비슷한 외야플라이 상황에서, 여울 데블스는 득점을 올리지 못했다.

반면 청우 로열스는 득점을 올렸다.

'수비의 차이.'

이런 차이가 발생한 것은 양 팀의 수비력에 차이가 있었기 때문이었다.

"우리 팀은… 강하다."

한창기의 입가로 희미한 미소가 번졌다.

하위권을 벗어나지 못하던 시즌 초반에 비해서 현재 청우 로열스의 전력이 무척 상승했다는 것을 확실히 깨달을 수 있었다.

이런 부분들이 청우 로열스가 최근 14승 5패의 고공 행진을 할 수 있었던 원동력이었다.

'단단한 수비를 바탕으로 실점을 최소화한다. 박건과 앤서니 쉴즈를 중심으로 한 상위타선의 파괴력으로 리드를 잡는다. 그 후 필승조를 내세워서 리드를 지키며 경기를 마무리한다.'

최근 들어 확실하게 자리를 잡기 시작한 청우 로열스의 승리 공식.

오늘 경기도 마찬가지였다.

한창기는 추가 실점을 허용하지 않고 버티면서 리드를 잡으면 충분히 승리를 거둘 수 있다는 확신이 섰다.

'차윤수에게 1이닝을 더 맡겨도 되지 않을까?'

아직 경기 초반이기에 차윤수를 1이닝만 쓰고 내리는 것은 너무 아쉬웠다.

투수 운용에 숨통을 트기 위해서 차윤수에게 1이닝을 더 맡기기로 결정한 한창기가 다시 감독석에 앉았다.

*　　　*　　　*

4회 초에도 차윤수가 마운드에 올랐다.

박건이 차윤수에게 신뢰가 담긴 시선을 던지고 있을 때였다.

슈악악.

따악.

1사 주자 없는 상황에서 타석에 들어선 백상우가 차윤수의 초구를 노려 쳤다.

포수인 김천수는 몸쪽 직구를 요구했지만, 차윤수가 던진 직구는 한가운데로 몰렸다. 그리고 백상우는 실투를 놓치지 않았다.

퍼억.

배트 중심에 잘 맞은 타구는 마운드에 서 있는 차윤수의 정면으로 날아갔다. 그리고 타구는 차윤수의 오른 무릎 부근을 강타했다.

데구르르.

차윤수의 무릎을 맞고 방향이 바뀐 타구를 3루수가 잡았지만, 1루에서 승부를 하기에는 너무 늦어 있었다.

강한 타구에 무릎을 맞자마자 차윤수는 바닥에 쓰러졌다.

트레이너들이 서둘러 달려 나오고 선수들도 마운드로 모였다.

박건 역시 걱정스러운 기색을 감추지 못한 채 마운드로 향했다.

"으… 으윽."

통증이 상당한 듯 차윤수는 신음성을 흘리고 있었다.

고통으로 인해 잔뜩 일그러져 있는 차윤수의 얼굴을 박건이 내려다보고 있을 때, 이용운이 불쑥 말했다.

"운이 좋았구나."

그 이야기를 들은 박건이 발끈했다.

현재 청우 로열스의 필승조로 활약하고 있는 차윤수가 강한 타구에 무릎을 맞고 쓰러진 상태였다.

부상이 의심될 정도로 심각한 상황인데 이용운이 운이 좋았다고 표현하니 어찌 기분이 좋을 수 있을까.

"말씀이 너무 심한 것 아닙니까?"

그래서 박건이 정색한 채 묻자, 이용운이 대답했다.

"심하긴 뭐가 심해. 없는 말 한 것도 아닌데."

"대체 왜 운이 좋았다는 겁니까?"

"어깨나 팔꿈치 부상을 당한 것보다야 타박상이 나으니까."

"……?"

"차윤수 말이다. 최근 들어 너무 자주, 또 너무 많이 마운드에 올랐다. 그래서 부상을 당하기 일보 직전이었다. 그런데 어깨나 팔꿈치 부상을 안 당하고, 단순 타박상으로 끝났으니 운이 좋은 것 아니냐?"

박건이 반박하지 못하고 고개를 끄덕였다.

청우 로열스에서 필승조를 맡고 있는 차윤수와 백철기.

접전이었던 경기가 많았던 탓에 너무 자주 마운드에 올라서 많은 공을 던졌던 것은 사실이었다.

'조용호 선배가 빠지면서 의존도가 더 심해졌어.'

임건우를 영입하는 과정에서 청우 로열스는 트레이드카드로 조용호를 활용했었다.

조용호 역시 필승조 중 한 명.

셋이서 나눠 지던 짐을 둘이서 나눠 지고 있으니 과부하가 걸리는 것이 당연했다.

그나마 백철기는 젊기라도 했지만, 차윤수는 서른 중반으로 나이도 많았다.

그래서일까.

차윤수의 입술이 부르튼 모습을 박건도 자주 봤었다.

'체력적으로 문제가 생기지 않을까?'

해서 박건도 이런 걱정을 했었는데.

이용운 역시 그 부분을 지적한 것이었다.

트레이너들의 부축을 받으면서 차윤수가 마운드를 내려갔다.

대신 팀에서 임시 선발과 롱릴리프 임무를 맡고 있는 홍원우가 마운드로 올라오며 경기가 재개됐다.

제8장

3—4.

청우 로열스가 한 점 뒤진 채로 경기는 9회 말에 접어들었다.

여울 데블스는 9회 말에 마무리투수인 강한율을 마운드에 올렸다.

9회 말의 선두타자는 고동수.

대기타석으로 걸어가기 전, 박건의 귓가로 팀원들이 외치는 소리가 파고들었다.

"동점 만들자."

"연장 갑시다."

"연장 가면 힘들다. 그냥 9회 말에 역전하고 끝내자."

한 점 차로 뒤지고 있는 상황에서 9회 말 마지막 공격이 시작되는 상황.

분명 패색이 짙었지만, 더그아웃 분위기는 밝았다.

경기를 뒤지고 있는 팀의 더그아웃이라고는 믿기지 않을 정도였다.

"지고 있어도 질 것 같지 않다."

대기타석에 들어선 박건이 혼잣말을 꺼냈다.

슈악.

딱.

고동수는 강한울의 초구를 노려서 공략했지만, 유격수 앞 땅볼로 물러났다.

아웃카운트가 하나 올라갔지만, 딱히 초조해지거나 하지는 않았다.

그리고 박건은 신중하게 승부를 펼쳤다.

풀카운트까지 이어진 승부.

크게 숨을 내쉰 강한울이 로진백을 만질 때, 이용운이 침묵을 깼다.

"무조건 스트라이크를 던질 거다. 내 생각엔 바깥쪽 직구가 들어올 것 같다."

이용운이 구종 예측을 한 순간, 박건이 타격 준비를 시작했다.

그때, 이용운이 의아한 목소리로 물었다.

"왜 바깥쪽 직구가 들어올 거냐고 안 물어?"

"저도 바깥쪽 직구 승부를 예상했거든요."

풀카운트 승부까지 강한울은 철저히 유인구 위주의 피칭을 했다.

단 하나의 직구도 던지지 않았다.

그래서 박건의 의표를 찌르며 타이밍을 빼앗기 위해서 직구를 던질 가능성이 높다고 판단했다.

"거짓말이지?"

이용운이 못 미더운 목소리로 물었다.

그렇지만 박건은 이용운을 상대하는 대신, 타석에서 집중했다.

'레그 킥을 낮추고, 타석의 위치를 바꾼다. 배트를 쥔 손의 위치는 바꾸지 않는다.'

일전에 이용운의 지적대로 타격폼을 수정한 것은 분명히 효과가 있었다.

눈에 띄게 장타가 늘어났으니까.

청우 로열스가 14승 5패의 고공 행진을 하는 동안, 박건이 무려 여섯 개의 홈런을 기록한 것이 증거였다.

그러나 아직 타격폼 수정은 완성된 것이 아니었다.

투수가 구사하는 구종에 따라서, 또, 그날의 컨디션에 따라서 박건은 타격폼을 꾸준히 수정하고 있었다.

슈아악.

그때, 강한울이 이를 악물고 6구째 공을 던졌다.

따악.

예상대로 바깥쪽 직구가 들어오는 것을 확인한 박건이 힘껏 배트를 휘둘렀다.

'제대로 걸렸다.'

손바닥에 전해지는 울림이 묵직했다.

예전이었다면 홈런이 될 거라고 확신하지 못했을 텐데.

지금은 달랐다.

고기도 먹어본 놈이 잘 먹는다는 속담대로였다.

최근 홈런을 자주 때려내면서, 배트를 쥔 손바닥에 전해지는 울림의 강도가 어느 정도이면 홈런이 되는지 박건은 감을 잡았다.

그래서 배트를 쥔 손바닥에 전해지는 울림이 이 정도라면 홈런이 될 거라고 확신할 수 있었다.

그런 박건의 확신대로였다.

높게 솟구친 채 멀리 뻗어 나간 타구는 외야 펜스를 넘기고 관중석 하단에 떨어지는 극적인 동점 홈런이 됐다.

'질 것 같지 않다!'

자신 있는 표정으로 베이스를 돌던 박건의 눈에 블론세이브를 기록한 후 고개를 푹 떨군 강한울이 보였다.

오늘이 처음이 아니었다.

강한울은 어제 경기에도 9회 말에 등판해서 끝내기안타를 허용했었다.

이틀 연속 블론세이브를 기록한 강한울은 자신감과 의욕이 떨어져 있었다. 그리고 양훈정은 강한울의 실투를 놓치지 않았다.

슈아악.

따악.

가운데 높은 코스로 들어온 실투를 놓치지 않고 받아쳤다.

'넘어가라. 넘어가라.'

벌떡 일어난 박건이 양훈정이 때린 타구의 궤적을 눈으로 좇았다.

그리고 양훈정의 타구가 펜스를 살짝 넘기고 떨어진 것을 확인하자마자, 박건이 손에 들고 있던 물병을 들고 그라운드로 달려 나갔다.

*　　*　　*

9회 말에 터진 극적인 백투백홈런(back to back home run).

박건과 양훈정의 연속 타자 홈런으로 동점에 이어 역전까지 만들어내면서 청우 로열스는 연승 숫자를 7로 늘렸다.

경기가 끝난 지 한참 시간이 지났지만, 박건은 흥분이 쉬이 가시지 않았다.

그래서 박건이 숙소 침대에 누운 채 환하게 웃고 있을 때, 이용운이 불쑥 말했다.

"녹음 준비해라."

'녹음?'

녹음을 준비하라는 이용운의 제안을 들은 박건이 의아한 표정을 지었다.

최근 들어 '독한 야구'는 잠정 휴방 중이었다.

당연히 박건도 '독한 야구' 녹음을 하지 않았다.

'언제가 마지막이었더라?'

기억을 더듬던 박건이 얼마 지나지 않아 답을 찾아냈다.

'배준영 선배가 삼각 트레이드를 통해서 청우 로열스에 합류

한 후부터였어.'

배준영이 구창명을 대신해서 주전 유격수로 출전한 후부터 청우 로열스는 가파른 상승세를 탔다.

덕분에 15승 5패의 호성적을 거두며 리그 순위가 4위까지 치솟았다.

이용운은 '독한 야구' 휴방을 결정한 이유에 대해서 설명해 주지 않았다.

그렇지만 박건은 그 이유가 짐작이 갔다.

'깔 게 없어서야.'

청우 로열스는 좋은 성적을 내고 있을 뿐만 아니라, 경기력도 좋은 편이었다.

그러니 마땅히 독설을 날릴 부분이 없기 때문에 '독한 야구' 잠정 휴방을 결정했을 가능성이 높았다.

잠시 후, 박건의 표정이 굳어졌다.

이용운이 다시 '독한 야구' 방송을 재개하려는 것.

독설을 날릴 기회가 찾아왔다는 것을 의미했기 때문이었다.

거기까지 생각이 미친 박건이 질문했다.

"다시 청우 로열스에 위기가 찾아왔다는 겁니까?"

"조화가 아닌 이상 열흘 붉은 꽃은 없다고 말했잖아."

"하지만……."

"그동안 너무 잘나갔지."

이용운의 말을 들은 박건이 답답한 표정을 지었을 때였다.

"꼭 롤러코스터를 탄 느낌이지 않냐?"

"롤러코스터요?"

청우 로열스의 올 시즌 행보.

연승과 연패를 반복하고 있었다.

롤러코스터를 탄 것과 흡사한 상황이란 생각이 들어서 박건이 부지불식간에 고개를 끄덕였을 때였다.

"꽉 잡아라."

"……?"

"다시 내려간다."

*　　　*　　　*

청우 로열스와 여울 데블스의 3연전 마지막 경기.

6회 말이 끝났을 때 스코어는 3—1.

청우 로열스가 두 점 차로 앞서고 있었다.

'거의 다 잡았다.'

청우 로열스는 8연승을 노리고 있는 입장이었다. 그리고 박건은 오늘 경기 청우 로열스의 승리 가능성을 높이 점쳤다.

청우 로열스의 승리 공식에 근접해 있는 경기였기 때문이었다.

선발투수인 권수현의 호투와 견고한 수비 덕분에 청우 로열스는 실점을 최소화한 채 경기 중반까지 앞서 있었다.

이제 필승조가 차례로 출격해서 리드를 지키며 승리를 거두는 것.

청우 로열스의 최근 승리 공식이나 다름없었다.

물론 마음에 걸리는 것들은 있었다.

우선 그동안 필승조의 한 축을 맡았던 차윤수의 부상이었다.

어제 경기에서 차윤수는 강한 타구에 무릎을 맞아서 쓰러졌고, 정밀 검진 결과 연골 손상 판정을 받았다.

복귀까지 최소 2개월이 걸린다는 정밀 검진 결과는 청우 로열스 입장에서는 큰 악재였다.

차윤수를 대신해 필승조의 한 축을 맡아줄 적임자가 없었기 때문이었다.

또 하나 마음에 걸리는 것은 이용운이 했던 예측이었다.

"꽉 잡아라. 다시 내려간다."

이용운은 청우 로열스의 상승세가 끝나고 다시 하락세에 접어들 것이라고 예상했다.

물론 박건은 그 예상을 순순히 믿지 않았다.

청우 로열스의 최근 팀 분위기가 워낙 좋았기 때문이었다.

지고 있어도 질 것 같지 않은 느낌이랄까.

실제로 청우 로열스는 여울 데블스와의 3연전 1, 2차전에서 줄곧 뒤지다가 두 경기 연속 끝내기 승리를 거두었다.

차윤수의 부상 이탈이 팀 전력의 누수 요인이긴 했지만, 워낙 팀 분위기가 좋기 때문에 급격하게 성적이 곤두박질치진 않을 거란 생각이 들었다.

그렇지만 이용운의 예측을 무시하기도 어려웠다.

그가 했던 예측들의 적중률이 무척 높다는 것.

누구보다 박건이 가장 잘 알고 있기 때문이었다.

'괜찮겠지?'

박건이 애써 불안감을 떨쳐내기 위해서 노력하고 있을 때였다.

"볼넷."

7회 초의 선두타자인 여호령이 선발투수 권수현을 상대로 볼넷을 얻어 출루했다.

그리고 권수현은 여울 데블스의 3번 타자 임훈기에게도 볼넷을 허용했다.

무사 1, 2루의 위기를 자초한 권수현을 확인한 박건의 표정이 굳어졌다.

'제구가 갑자기 흔들린다.'

선발투수로 출전해서 6이닝 1실점의 호투를 펼쳤던 권수현은 7회 초가 시작되자마자 갑자기 제구가 흔들리고 있었다.

'왜 저러지?'

박건이 우려 섞인 시선으로 권수현을 바라보고 있을 때, 이용운이 말했다.

"차윤수의 부상 여파가 나타나기 시작했다."

그렇지만 박건은 그 말을 이해하기 어려웠다.

차윤수가 부상을 당해서 전력에서 이탈한 것과 잘 던지던 선발투수 권수현이 7회 초가 시작하자마자 제구 난조를 드러내며 위기를 자초한 것 사이의 연관성을 파악하지 못했기 때문이었다.

그때, 투수코치가 마운드를 방문했다.

갑작스러운 제구 난조에 빠진 권수현을 안정시키기 위한 마운드 방문이었다.

'적절한 타이밍.'

박건이 이렇게 판단했을 때, 이용운이 혀를 찼다.

"투수코치가 아니라 한창기 감독이 방문해야 했다."

"왜요?"

"교체 타이밍이거든."

"……?"

"원래라면 한창기 감독이 마운드에 올라가서 차윤수나 백철기로 투수를 교체했어야 했다. 그런데 투수 교체 타이밍을 놓쳤지. 그리고 이게 차윤수가 부상을 당한 여파가 미친다는 증거다."

'틀린 말은 아니네.'

박건이 반박하지 못하고 한숨을 내쉬었을 때, 이용운의 이야기가 이어졌다.

"잘 던지던 권수현이 갑자기 왜 제구 난조에 빠진 줄 아느냐?"

"힘이 떨어진 게 아닐까요?"

"체력적인 문제보다 정신적인 문제가 더 크다. 차윤수는 부상으로 이탈했고, 백철기는 3연투를 한 상황이라는 것을 권수현도 이미 알고 있다. 상황이 이러하니 선발투수인 내가 최대한 마운드에서 오래 버텨야 한다. 이런 사명감이 생겨서 갑자기 제구가 흔들렸을 가능성이 높다."

이용운의 이야기가 일리가 있다고 판단한 순간, 마운드를 방문했던 투수코치가 더그아웃으로 돌아갔다.

투수코치가 방문했지만, 권수현은 여전히 안정을 찾지 못했다.

몸에 힘이 들어가서일까.

공이 전체적으로 높게 형성됐고, 권수현의 제구가 흔들린다는 사실을 간파한 4번 타자 제이슨 베리텍은 타석에서 신중하게 승부 했다.

슈악.

"볼넷."

3볼 1스트라이크에서 권수현이 던진 커브가 높이 들어오면서 제이슨 베리텍까지 볼넷으로 출루했다.

무사만루.

권수현이 7회 초에 접어들자마자 3연속 볼넷을 허용하자, 한창기 감독이 더 버티지 못하고 마운드를 방문했다.

권수현을 교체한 한창기 감독은 백철기를 마운드에 올렸다.

"악수."

백철기가 마운드에 오르는 것을 확인한 이용운이 한 단어를 내뱉었다.

그리고 박건이 악수라고 표현한 이유에 대해 질문할 필요도 없었다.

슈아악.

따악.

백철기의 3구째 슬라이더를 걷어 올린 5번 타자 장영운의 타구는 백스크린을 강타했다.

3—5.

한순간에 경기가 뒤집혔다.

*　　　　*　　　　*

2승 8패.

청우 로열스의 지난 열 경기 성적이었다.

후반기 초반 연패 이후 다시 15승 5패를 기록하면서 리그 4위까지 순위가 치솟았던 청우 로열스의 순위는 리그 6위로 두 단계 하락했다.

"안 믿었지?"

이용운의 질문을 받은 박건이 물었다.

"뭘 말씀하시는 겁니까?"

"청우 로열스가 다시 추락할 거란 내 예상 말이다. 내가 그 예상을 했을 당시에는 안 믿었지?"

"네, 안 믿었습니다."

박건이 솔직하게 대답했지만, 핀잔은 돌아오지 않았다.

"후배만 안 믿은 게 아니다. 송이현 단장과 제임스 윤은 물론이고, 어느 누구도 내 예측을 안 믿었을 것이다. 그렇지만 결국 내 말대로 됐지."

자신의 예측이 적중했기 때문일까.

이용운은 잔뜩 신이 난 기색이었다.

"지금 좋아할 때가 아닙니다."

박건이 그 부분을 지적했다.

"이제 정규시즌 잔여 경기가 많이 남아 있지 않습니다. 청우 로열스의 부진이 좀 더 길어지면, 한국시리즈 우승은커녕 청우 로열스의 가을야구 진출도 어렵습니다."

박건이 청우 로열스의 한국시리즈 우승에 걸려 있는 옵션 오억 원을 상기시킨 순간, 이용운이 말했다.

"그래서 내가 다시 나서려는 것 아니냐? 녹음 시작하자."

이용운이 '독한 야구' 녹음을 시작하자고 말했다.

그렇지만 박건은 지시대로 준비하는 대신, 질문을 던졌다.

"청우 로열스의 문제를 타개할 방법이 있긴 한 겁니까?"

"왜? 답이 없어 보이냐?"

"솔직히 어렵네요. 트레이드 시장이 마감됐으니까요."

불의의 부상으로 전력에서 이탈한 차윤수의 공백을 메울 수 있는 가장 좋은 방법은 선수 영입이었다.

그렇지만 이미 트레이드 마감 시한이 끝난 후였다.

트레이드를 통해서 차윤수의 공백을 메울 수 없는 상황이기에 박건이 답답한 표정을 지었을 때였다.

"하늘이 무너져도 솟아날 구멍은 있는 법이다."

"그건 저도 들어봤습니다."

오랜만에 아는 속담이 등장했기에 박건이 기회를 놓치지 않고 알은체를 하자, 이용운이 핀잔을 건넸다.

"초등학생도 다 아는 속담을 모르는 게 더 이상하지."

*　　　*　　　*

"팟 캐스트 방송 '독한 야구'는 선수, 감독, 심지어 팬들까지 모두 독하게 까는 해설 방송입니다. 심장이 약한 분들과 임산부와 노약자는 가능한 청취를 금해주시기 바라며, 하루에 딱 한 경기만 집중해서 해부하는 '독한 야구', 지금부터 시작하겠습니다."

'독한 야구' 오프닝 멘트에 귀를 기울이던 송이현이 반가움과 아쉬움이 절반씩 뒤섞인 표정을 지었다.

"방송이 재개된 것이 반갑긴 한데, 오프닝은 건너뛰면 더 좋았을걸."

"왜요?"

"청우 로열스의 문제들이 한둘이 아니잖아요. 오프닝을 하는 데 걸리는 시간 때문에 청우 로열스의 문제들을 해결할 방법을 다 알려주지 못하는 것이 걱정되거든요."

제임스 윤에게 이유를 설명한 후, 송이현이 '독한 야구' 방송에 귀를 기울였다.

"이번에도 어김없이 제 예측이 맞았습니다. 청우 로열스가 날개 없는 추락을 했으니까요. 아니, 이 표현은 청우 로열스가 날개 없는 추락을 하고 있다는 것으로 정정하는 편이 좋겠네요. 청우 로열스의 추락은 여전히 진행 중이니까요. 과연 청우 로열스의 날개 없는 추락은 언제까지 이어질까요? 만약 시즌 초반이었다면 웃으면서 예측했을 텐데, 지금은 시즌 후반부로 접어들었기에 그럴 수가 없네요. 청우 로열스의 날개 없는 추락이 더 길어지면, 가을야구 진출도 물 건너가는 상황이니까요."

송이현의 표정이 딱딱하게 굳어졌다.

'독한 야구' 진행자의 말이 옳았기 때문이었다.

여기서 청우 로열스의 부진이 더 길어진다면?

청우 로열스의 올 시즌은 실패로 끝날 가능성이 높았다.

"그래서 빨리 청우 로열스가 안고 있는 문제를 해결해야 합니다. 그리고 문제를 해결하기 위한 선결 과제는 정확한 진단입니다. 청우 로열스가 갑자기 이렇게 부진에 빠진 가장 큰 원인은 무엇일까? 저는 트레이드 실패라고 판단하고 있습니다."

'트레이드 실패?'

'독한 야구' 진행자의 진단을 들은 송이현이 억울한 표정을 지었다.

청우 로열스가 단행했던 삼각 트레이드를 결정한 것은 송이현이었다.

그렇지만 송이현이 결정을 내린 데는 '독한 야구' 진행자의 조언이 큰 영향을 미쳤다.

그런데 정작 삼각 트레이드를 추진하라고 조언했던 '독한 야구' 진행자는 트레이드가 실패했다고 진단했다.

그러니 어찌 억울한 마음이 들지 않을까.

그때, '독한 야구' 진행자의 멘트가 이어졌다.

"조용호 선수를 트레이드카드로 활용해서는 안 됐습니다."

'삼각 트레이드를 말한 게 아니구나.'

그 이야기를 들은 송이현이 고개를 끄덕였다.

올 시즌 청우 로열스는 두 차례 트레이드를 단행했다.

첫 번째 트레이드는 불펜투수인 조용호를 내주고, 외야수 임건우를 영입한 것.

두 번째 트레이드는 유망주 포수인 윤진규를 내주고, 유격수 배준영과 선발투수 송성문을 영입한 것.

'독한 야구' 진행자가 실패한 트레이드라고 말한 것은 청우 로열스가 단행했던 두 번째 트레이드가 아니라 첫 번째 트레이드였다.

'그 당시에도 욕 많이 먹었지.'

송이현이 기억을 더듬었다.

"임건우와 조용호 선수의 트레이드, 단언컨대 청우 로열스가 손해를 봤습니다. 왜 청우 로열스가 손해를 봤느냐? 이유는 간단합니다. 대승 원더스는 가장 필요한 포지션의 선수 영입을 한 반면, 청우 로열스는 필요성이 덜한 포지션의 임건우 선수를 영입했기 때문입니다. 한성 비글스에서 웨이버공시가 된 후 청우 로열스로 입단한 박건 선수가 좋은 활약을 펼치고 있는 만큼, 현재 청우 로열스에게 가장 필요한 영입은 외야수 포지션이 아니었습니다. 오히려 내야수, 혹은 불펜투수를 영입하는 것이 필요했습니다. 그런데 청우 로열스의 야알못 단장인 송이현 단장과 야알못 스카우트 팀장인 제임스 윤은 되레 조용호라는 괜찮은 불펜투수를 트레이드카드로 활용해서 대승 원더스에 넘겨 버렸죠. 이번 트레이드는 청우 로열스 프런트와 한창기 감독이 불협화음을 내고 있다는 증거라고 할 수 있습니다. 한창기 감독이 갖고 있는 로드맵은 불펜야구입니다. 당연히 수준급 불펜투수가 많이 필요하겠죠. 그런데 정작 청우 로열스 프런트는 외야수인 임건우 선수를 영입하기 위해서 괜찮은 불펜투수인 조용호 선수를 트레이드카드로 써버린 거죠."

'멍청했어.'

송이현이 자책했다.

트레이드 영입 이후, 임건우는 기대만큼의 활약을 해주고 있었다. 그러니 임건우를 영입한 것을 후회하지는 않았다.

다만 임건우를 영입하기 위해서 불펜투수 조용호를 보냈던 것을 송이현은 후회했다.

'차라리 다른 포지션의 선수를 트레이드카드로 활용했어야 해.'

차윤수가 불의의 부상으로 전력에서 이탈하면서, 청우 로열스의 불펜 필승조는 붕괴되다시피 한 상황이었다.

기존에 패전조로 활용했던 이대원과 롱릴리프 홍원우, 그리고 2군에서 불러올린 최태민 선수까지.

한창기 감독은 필승조로 활용하기 위해서 여러 선수들을 시험해 보았다.

그렇지만 그 시도들은 모두 실패로 돌아갔다.

그래서 조용호 선수의 공백이 더 크게 느껴지는 것이었다.

잠시 후, 송이현이 고개를 흔들었다.

한번 엎질러진 물을 다시 담을 수는 없는 노릇.

계속 자책한다고 해서 달라질 것은 없었다.

지금은 조용호와 차윤수의 공백은 인정하며 받아들이고, 대안을 찾아야 할 때였다. 그리고 '독한 야구' 진행자의 생각도 송이현과 다르지 않았다.

"청우 로열스의 야알못 프런트를 계속 욕한다고 해도 이미 대승 원더스 소속 선수가 된 조용호 선수가 다시 돌아오지는 못합니다. 지금은 대안을 찾아야 할 때입니다. 그렇지만 그 전에 한 가지 짚고 넘어가야 할 부분이 있습니다. 바로 청우 로열스의 선발진은 이대로 괜찮은가 하는 부분입니다."

'선발진?'

불펜투수에 대한 이야기를 하던 '독한 야구' 진행자는 갑자기 청우 로열스의 선발진으로 화제를 돌렸다.

"괜찮지 않나요?"

송이현이 질문하자, 제임스 윤이 다시 물었다.

"청우 로열스의 선발진에 대해서 물으신 겁니까?"

"맞아요."

"별로 괜찮지 않습니다."

제임스 윤이 짤막한 한숨을 내쉬며 덧붙였다.

"2선발 임무를 맡았던 라이언 벤슨이 무척 부진합니다."

'라이언 벤슨?'

잠시 후, 송이현이 고개를 끄덕였다.

차윤수의 전력 이탈 후, 청우 로열스에서 가장 도드라진 약점은 불펜진의 붕괴였다.

그래서 묻혔을 뿐, 팀의 2선발인 라이언 벤슨도 부진하긴 마찬가지였다.

특히 후반기가 진행될수록 라이언 벤슨의 부진은 깊어지고 있었다.

잠시 후, 송이현이 제임스 윤에게 눈을 흘겼다.

"외국인 선수, 모두 제임스 윤이 추천했죠?"

제임스 윤은 메이저리그를 무대로 오랫동안 일해왔다. 그래서 송이현은 청우 로열스의 외국인 선수 구성을 제임스 윤에게 일임했었다.

그 사실을 지적하자, 제임스 윤이 다시 한숨을 내쉬었다.

"제 실수를 인정합니다. 제가 해태 눈깔이었네요."

"그렇게 극단적인 표현을 쓸 필요까지는……."

"제가 쓴 표현이 아닙니다."

"……?"

"라이언 벤슨이 부진하자 청우 로열스 팬들이 댓글에 저에게 해태 눈깔의 소유자라고 부르더군요. 간신히 쓰레기에서 탈출했더니 해태 눈깔의 아이콘으로 거듭났습니다."

'나까지 뭐라고 하지 말자.'

원래는 잔소리를 늘어놓을 생각이었는데.

해태 눈깔의 아이콘으로 등극한 제임스 윤의 양어깨는 축 늘어져 있었다.

그래서 송이현이 잔소리를 하는 대신, '독한 야구' 진행자의 멘트에 귀를 기울였다.

"라이언 벤슨, 아시다시피 요새 많이 부진합니다. 불펜진에 과부하가 걸린 지금, 이닝 이터 역할을 해줘야 하는데 라이언 벤슨은 5회 이전에 강판 되기 일쑤입니다. 라이언 벤슨이 부진한 이유에 대해 얘기하기 전에 하나 짚고 넘어가야 할 부분이 있습니다. 바로 라이언 벤슨을 영입한 것이 제임스 윤이라는 점입니다."

후우.

그 순간, 제임스 윤이 땅이 꺼져라 한숨을 내쉬었다.

"굳이 확인 사살까지 할 필요가 있나요?"

원래 맞은 데를 또 맞으면 더 아픈 법이었다.

그래서 제임스 윤의 어깨가 더욱 처졌을 때, '독한 야구' 진행자의 멘트가 이어졌다.

"제임스 윤은 라이언 벤슨을 가성비가 좋다고 판단해서 영입했을 겁니다. 실제로 라이언 벤슨은 전반기에 괜찮은 활약을 펼쳤습니다. 그렇지만 후반기에는 마치 다른 투수처럼 느껴질 정도로 부진한 모습을 보이고 있습니다. 원인은 하나입니다. 체력. 라이언 벤슨은 마이너리그에서 주로 불펜투수로 활약했습니다. 선발투수로 경기에 출전했던 횟수는 손에 꼽을 정도로 무척 적습니다. 그런데 KBO 리그에서는 풀타임 선발투수로 출전하고 있죠. 이게 라이언 벤슨이 후반기에 접어든 후 고전하고 있는 가장 큰 이유입니다. 마이너리그에서도 꾸준히 선발투수로 출전했던 조던 픽스가 후반기에도 꾸준히 활약하고 있는 것과 차이가 발생한 원인이죠. 제임스 윤은 아마 이 부분을 간과했을 겁니다. 그리고 제임스 윤이 해태 눈깔의 아이콘에서 벗어나기 위해서는 앞으로 이런 부분들을 간과해서는 안 됩니다."

'기분이 상하지 않았을까?'

제임스 윤은 메이저리그에서 경력을 쌓았고 능력을 인정받았던 스카우트 담당자였다.

반면, '독한 야구' 진행자는 일개 팟 캐스트 방송 진행자에 불과했다.

그래서 제임스 윤의 기분이 상했을 수도 있다고 우려했는데.

송이현의 우려는 기우에 불과했다.

"그동안 몰랐는데 마음이 따뜻한 사람이었네요."

제임스 윤은 '독한 야구' 진행자에게 호감을 표했다.

"인정합니다. 제가 놓치고 지나갔던 부분입니다."

또, 본인의 실수를 인정했다.

"자, 그럼 라이언 벤슨을 어떻게 처리하느냐는 문제가 남습니다. 가장 쉽고 확실한 방법은 라이언 벤슨을 교체하는 겁니다. 그렇지만 정규시즌이 막바지에 이른 지금 시점에 괜찮은 외국인 투수가 과연 시장에 남아 있을까요? 괜찮은 외국인 투수를 찾는 데 시간이 걸릴 것이고, 운 좋게 괜찮은 외국인 투수를 찾았다고 해도 비자 받고 선수 등록하고 하다 보면 또 시간이 걸릴 겁니다. 그러다 보면 시간은 훌쩍 흐를 것이고, 기껏해야 정규시즌에 한두 경기 선발투수로 출전하는 것이 고작일 겁니다. 겨우 한두 경기 선발투수로 출전시키기 위해서 많은 비용을 들여서 외국인 투수를 교체하는 것, 너무 효율이 낮습니다."

'독한 야구' 진행자의 지적은 정확했다.

새로운 외국인 투수를 구하는 것은 쉽지도 않을뿐더러 효율이 너무 낮았다.

선수와 에이전트 입장에서는 다급한 청우 로열스의 상황을 알기 때문에 비싼 몸값을 요구할 터.

고비용 저효율의 계약이 될 확률이 무척 높았다.

'그럼 어쩌란 말이야?'

송이현이 답답한 표정을 지었을 때, '독한 야구' 진행자가 새로운 해법을 내놓았다.

"삼각 트레이드 당시 제가 괜히 송성문 선수를 데려와야 한다고 주장했던 것이 아닙니다. 이런 상황을 예견했기 때문에 송성문 선수를 청우 로열스로 영입했던 겁니다."

'송성문?'

송이현이 무릎을 탁 쳤다.

삼각 트레이드 당시, 청우 로열스는 윤진규를 내주는 대신 배준영과 송성문을 영입했다.

그렇지만 송성문에 대해서는 까맣게 잊고 있었다.

영입 후 한 차례도 경기에 출전하지 않고 2군에만 머무르고 있었기 때문이었다.

"송성문 선수의 현재 몸 상태는 괜찮은 편입니다. 그리고 송성문 선수의 풍부한 경험은 정규시즌 막바지에 큰 역할을 할 겁니다. 적어도 선발투수로 나섰을 때, 라이언 벤슨보다는 팀에 도움이 될 겁니다."

고개를 끄덕이던 송이현이 이내 표정을 굳혔다.

'그럼 라이언 벤슨은?'

마치 송이현의 속내를 읽은 것처럼 '독한 야구' 진행자가 덧붙였다.

"송성문을 선발진에 합류시키는 대신, 라이언 벤슨을 불펜투수로 활용해야 합니다. 현재로서는 그게 최선입니다."

* * *

청우 로열스와 마경 스왈로우스의 3연전 첫 경기.

송성문 VS 닐슨 카메론.

양 팀 선발투수의 면면이었다.

2선발들의 맞대결이었지만, 전문가들은 선발투수의 무게감에서 마경 스왈로우스의 우세를 점쳤다.

송성문이 부진한 라이언 벤슨을 대신해서 출전한 임시 선발이었기 때문이었다.

게다가 송성문은 올 시즌 첫 출전이었다.

"오프너일 가능성이 높다."

그래서 일부 전문가들은 송성문의 선발투수 출전은 위장 선발일 가능성이 높다고 전망하기도 했다.

그렇지만 전문가들의 예측은 이번에도 빗나갔다.

0—0.

6회가 끝났을 때의 스코어였다. 그리고 깜짝 선발투수로 출전한 송성문은 6이닝 무실점의 호투를 펼치고 있었다.

상대 선발투수인 닐슨 카메론과 비교해도 전혀 손색이 없는 호투.

"대단하네요."

7회 말에도 마운드에 오른 송성문을 바라보며 박건이 감탄했을 때였다.

"경험이 괜히 중요한 게 아니지."

박건이 반박하지 못하고 수긍했다.

—송성문은 대체 왜 영입했냐? 꼽사리였냐?

—그 이유 제가 알려 드리죠. 청우 노인정 회원이 부족했나 봅니다.

—팀에 1도 도움 안 됨.

—딱 봐도 은퇴 각.

청우 로열스로 이적 후, 줄곧 2군에만 머물렀던 송성문에 대해 청우 로열스 팬들은 비난을 쏟아냈다.

그런 상황에서 송성문은 처음으로 선발투수로 출전했다.

더구나 1승의 의미가 더욱 중요해진 정규시즌 후반기의 경기였다.

송성문 입장에서는 여러모로 부담이 클 수밖에 없었다. 그럼에도 불구하고 송성문은 오늘 경기에서 부담감을 떨쳐내고 누구도 예상치 못했던 기대 이상의 호투를 펼치고 있었다.

그리고 7회 말에도 송성문은 흔들리지 않았다.

첫 타자는 내야플라이.

두 번째 타자는 3루수 앞 땅볼로 잡아냈다.

2사 주자 없는 상황에서 송성문은 마경 스왈로우스의 4번 타자 최원우를 상대할 준비를 시작했다.

"잘하면 8회 말에도 던질 수 있겠군."

그때, 이용운이 말했다.

그 이야기를 들은 박건이 깜짝 놀랐다.

송성문이 부진한 라이언 벤슨을 대신해서 선발투수로 출전한다고 했을 때, 5이닝까지만 버텨줘도 대성공이라고 전문가들은 말했다.

벅건의 생각도 크게 다르지 않았다.

송성문의 많은 나이, 그리고 올 시즌에 처음으로 선발투수로 출전하는 것이라는 부담감을 감안하면 5이닝을 버티는 것도 어렵지 않을까 하고 생각했는데.

그 생각은 보기 좋게 틀렸다.

송성문은 6과 2/3이닝 동안 마운드를 지키고 있었으니까.

그것도 실점을 허용하지 않으면서 굳건하게 버티고 있었다.

"투구수가 80개도 되지 않는다."

'그렇게 적었나?'

박건이 재빨리 고개를 돌려 전광판을 바라보았다.

78개라고 적혀 있는 송성문의 투구수를 확인한 박건이 놀라며 물었다.

"왜 이렇게 투구수가 적은 겁니까?"

"송성문이 오늘 경기에서 20개의 아웃카운트를 잡아내는 동안 삼진은 하나뿐이다. 즉, 맞춰 잡았다는 뜻이다."

"맞춰 잡았다?"

생각해 보니, 박건은 오늘 수비에서 별로 한 것이 없었다.

송성문이 대부분의 아웃카운트를 내야땅볼을 유도해 잡아냈기 때문이었다.

"경험도 풍부하지만 영리하기도 해. 배준영이 합류하면서 청우 로열스의 내야 수비진이 안정됐다는 것을 알고 있기 때문에 맞춰 잡고 있어. 그리고 오늘 경기에서 자신에게 주어진 가장 큰 역할이 이닝 이터라는 사실도 잘 알고 있기 때문에 일찌감치 경기 콘셉트를 맞춰 잡는 것으로 잡은 거야."

이용운의 설명이 끝난 순간이었다.

슈악.

딱.

송성문이 던진 3구째 커브를 최원우가 받아쳤다.

그렇지만 타구는 유격수 정면으로 굴러갔다.

배준영이 안정적으로 타구를 잡아 1루로 송구해서 최원우를 아웃시키면서 7회 말 수비도 끝이 났다.

*　　　*　　　*

8회 초 청우 로열스의 공격은 8번 타자 이필교부터 시작이었다.

한창기 감독은 3타수 무안타로 타석에서 부진한 이필교를 대신해서 구창명을 대타자로 기용했다.

"나쁘지 않은 선택이다."

대타자 임무를 부여받고 타석으로 걸어가는 구창명을 박건이 바라보고 있을 때, 이용운이 말했다.

"요새 쉬어서 체력이 충전됐어. 그리고 독이 바짝 올라 있거든."

이용운의 말처럼 구창명의 표정은 비장했다. 그리고 박건은 구창명의 현재 심정을 충분히 이해할 수 있었다.

만약 물과 공기가 없다면 사람은 살 수 없다. 그렇지만 평소에는 물과 공기의 소중함을 깨닫지 못한다.

물과 공기가 존재하는 것이 당연하다고 여기기 때문이었다.

지금 구창명도 마찬가지였다.

청우 로열스의 주전 유격수 자리는 당연히 본인의 것이라고 여겼을 것이었다. 그렇지만 트레이드로 영입된 배준영에게 밀려서 주전 유격수 자리를 빼앗기고 난 후, 구창명의 상실감은 지독

했을 것이었다.

물과 공기처럼 당연하다 여겼던 팀의 주전 유격수 자리를 배준영에게 빼앗겼으니까.

아마 구창명은 벤치에서 머무는 시간 동안 절치부심하며 각오를 다졌으리라.

그리고 마침내 찾아온 기회인 만큼, 구창명은 이 한 타석의 기회에 절실하게 임할 가능성이 높았다.

그런 박건의 예상대로였다.

슈아악.

딱.

구창명은 커트를 거듭하면서 닐슨 카메론과의 승부를 9구까지 이어갔다.

그리고 10구째.

슈악.

따악.

닐슨 카메론이 던진 슬라이더는 높게 형성됐다. 그리고 구창명은 실투를 놓치지 않고 받아 쳐서 좌전 안타를 터뜨렸다.

무사 1루로 상황이 바뀐 순간, 한창기 감독은 또 한 번 대타작전을 펼쳤다.

9번 타자 김천수를 대신해 정준수를 타석에 내보냈다.

슈아악.

틱. 데구르르.

정준수는 닐슨 카메론의 초구에 번트를 댔다.

대타자 정준수가 침착하게 희생번트 작전을 수행해 낸 덕분에, 1사 2루의 득점 찬스가 만들어졌다.

위기감을 느낀 마경 스왈로우스의 최성훈 감독은 마운드에 올라가서 투수 교체를 단행했다. 그리고 최성훈 감독이 선택한 것은 필승조에 속한 불펜투수 안주열이었다.

슈악.

부웅.

안주열은 최성훈 감독의 기대에 부응했다.

1사 2루 상황에서 타석에 들어선 고동수를 헛스윙 삼진으로 잡아냈다.

2사 2루로 상황이 바뀐 순간, 박건이 타석으로 걸어가며 질문했다.

"송성문 선배가 8회에도 마운드에 오르는 것은 무리가 아닐까요?"

올 시즌 첫 1군 무대 출전.

그리고 중압감이 무척 큰 경기였다.

비록 투구수가 많은 편은 아니었지만, 송성문이 피로를 느낄 가능성은 충분하다고 판단했기에 이런 질문을 던진 것이었다.

"충분해."

"하지만……."

"송성문의 경험을 무시하지 마. 일찌감치 8회까지 던질 생각을 하고 마운드에 오른 만큼, 체력은 충분해."

'정말 그럴까?'

이용운은 걱정할 것 없다고 대답했다.

그렇지만 박건은 여전히 송성문이 불안했다. 그래서 어두운 표정을 짓고 있을 때, 이용운이 다시 말했다.

"내가 충고 하나 할까?"

"어떤 충고요?"

"너나 잘하세요."

제9장

'내가… 요새 못하긴 했지.'

박건이 한숨을 내쉬었다.

'야구 참 어렵네.'

해설자들, 혹은 감독들이 흔히 하는 말이었다. 그리고 요새 박건도 새삼 야구가 어렵다는 사실을 깨닫고 있었다.

그리고 야구가 어려운 이유는 1+1의 결과가 2가 아니기 때문이었다.

딕 케이타 코치의 조언 덕분에 타격폼을 수정한 후, 박건의 타격 능력은 눈에 띄게 향상됐다.

그렇지만 이내 장타력 부재라는 한계에 맞닥뜨렸다. 그래서 박건은 다시 타격폼을 수정했다.

그 후, 박건의 장타력은 또다시 향상됐다.

늘어난 홈런 개수가 그 증거였다. 그러나 새로운 부작용이 생겼다.

장타력이 늘어난 대신, 정교함이 줄어들었기 때문이었다.

'타율과 출루율이 떨어지고 있어.'

박건의 근심이 깊어졌을 때였다.

"아까 송성문 걱정을 했었지?"

"네."

"말로 걱정해 봐야 달라지는 건 없다. 행동으로 옮겨라."

"행동…요?"

"이번 타석에서 후배가 적시타를 터뜨려서 리드를 안겨준다면, 송성문의 부담을 덜어줄 수 있으니까."

이용운의 말대로였다.

만약 박건이 2사 2루의 득점 찬스에서 0의 균형을 깨뜨리는 적시타를 때려낸다면?

송성문은 부담을 덜고 8회 말에 좀 더 여유 있게 공을 던질 수 있을 것이었다.

문제는 그게 쉽지 않다는 점이었다.

'장타보다 단타가 필요한 상황인데.'

2사 후인 만큼, 짧은 안타만 나와도 2루 주자인 구창명이 홈으로 파고들어 득점을 올릴 수 있었다.

그렇지만 문제는 최근 박건의 타격 정교함이 떨어졌다는 점이었다.

그래서 박건이 심각한 표정을 짓고 있을 때, 이용운이 물었다.

"요새 공이 잘 안 맞지?"

'역시 알고 있어.'

박건이 느끼는 답답함을 이용운이 모를 리 없다고 생각했는데.

이용운은 역시 알고 있었다.

"야구가 뜻대로 안 되네요."

"왠지 알아?"

"모르겠습니다."

'알면 진즉에 고쳤겠지.'

박건이 속으로 소리쳤을 때, 이용운이 입을 뗐다.

"알아도 못 고친다."

"네?"

"체력적인 문제니까."

'타격폼을 수정한 부작용일 거야.'

박건은 막연히 이렇게 생각했었다. 그래서 이용운이 꺼낸 진단은 전혀 예상치 못했던 부분이었다.

'내 체력에 문제가 생겼다?'

박건이 고개를 갸웃했다.

특별한 이상 징후를 느끼지 못했기 때문이었다.

그때, 이용운이 부연을 했다.

"배트 스피드가 떨어졌다. 그래서 직구에 대처가 잘 안 되고 있지."

'그런가?'

박건이 기억을 더듬었다.

그러고 보니 박건이 홈런이나 장타를 때린 공은 대부분 커브나 슬라이더였다.

직구를 공략해서 장타를 때려낸 적은 없었다.

'이렇게 오랫동안 1군에서 뛰면서 매 경기 출전한 것은 처음이니까.'

박건이 체력에 문제가 발생한 이유에 대해 분석하고 있을 때였다.

"빨리 들어와."

박건의 귓가로 주심의 언짢은 목소리가 파고들었다.

더 버티지 못하고 박건이 타석에 들어섰다.

"이제 어쩌죠?"

박건이 답답한 표정으로 물었을 때, 이용운이 대답했다.

"적응해야지."

"무슨 적응요?"

"체력이 떨어진 상태에 적응해야지."

* * *

슈아악.

"스트라이크."

안주열이 던진 초구는 바깥쪽 직구였다.

박건이 그대로 흘려보낸 후, 한숨을 내쉬었다.

초구로 들어온 바깥쪽 직구를 놓친 것에 대한 아쉬움 때문이 아니었다.

막막한 마음이 들어서 한숨을 내쉰 것이었다.

'배트를 짧게 쥘까? 타석 위치를 바꿔볼까?'

박건이 필사적으로 방법을 찾고 있을 때, 이용운이 말했다.

"하나만 해."

그런 이용운의 목소리는 무척 다급했다.

역시 마음이 급하다는 증거.

'둘 중에 하나만 하라면… 배트를 짧게 쥐자.'

박건이 막 결론을 내렸을 때였다.

"다음은 구종 예측이다."

'구종 예측도 중요해.'

박건의 생각이 구종 예측으로 바뀌었을 때였다.

"화가 복이 되어 돌아온다는 속담, 아냐?"

이용운이 물었다.

"지금 속담을 아는 게 중요합니까?"

"모르는구나."

"네, 모릅니다. 무식해서 죄송합니다."

박건이 살짝 언성을 높인 순간, 이용운이 말했다.

"하늘이 돕는다."

"네?"

"날파리 안 보여?"

"보이는데요."

"일단 시간부터 좀 끌어봐."

훠이. 훠이.

박건이 시키는 대로 손을 휘저어 날파리 쫓는 시늉을 했다.

"또 날파리야?"

주심이 그런 박건을 향해 물었다.

"날파리가 절 좋아하나 봅니다."

"날파리가 좋아해 줘서 좋아?"

"아니요."

주심과 짤막한 대화를 마친 박건이 눈을 비비고 있을 때, 이용운이 말했다.

"세상에 나쁘기만 한 것은 없다는 뜻이다."

"……?"

"2구째로 몸쪽 직구가 들어올 거야."

'몸쪽 직구?'

박건이 눈을 크게 떴다.

"왜 몸쪽 직구가 들어오는데요?"

"벌써 소문이 났거든."

'무슨 소문요?"

"네가 직구에 약하다는 소문 말이다."

박건이 못마땅한 표정을 지었다.

최근 들어 박건이 직구에 고전한 것은 사실이었다.

그렇지만 직구에 고전한 지 그리 긴 시간이 지나지 않았다. 그리고 타격폼을 수정하기 전까지는 직구에 강점을 보인다는 소문도 났었을 정도였다.

그 짧은 사이에 벌써 직구에 약한 선수라는 소문이 났다는 것이 박건의 기분을 상하게 만든 것이었다.

"소문 참 빠르네요."

"요샌 현미경 야구가 대세거든."

"현미경 야구요?"

"그래. 최근 들어 전력 분석 팀이 강화되면서……."

이용운이 본인의 지식을 자랑하기 위해서 현미경 야구에 대한 설명을 시작했다.

"됐습니다."

그렇지만 박건은 도중에 설명을 잘랐다.

"왜 됐다는 거냐?"

"눈치 보여서요."

"눈치?"

"날파리들이 떠났습니다."

"벌써?"

"현미경 야구에 대해서는 나중에 검색해서 공부하죠."

박건이 타격자세를 취했다.

'몸쪽 직구가 들어올 거다?'

아까 이용운이 했던 구종 예측을 기억하고 있던 박건이 배트를 짧게 고쳐 쥐며 각오를 다졌다.

'내가 직구에 약하지 않다는 것을 증명해 보이자.'

슈아악.

안주열의 손에서 공이 떠났다.

안주열의 평균 직구 구속은 140㎞대 중반.

'칠 테면 쳐봐.'

마치 이렇게 외치듯 몸쪽 직구가 날아들었다.

따악.

그리고 박건이 직구를 노려 쳤다.

*　　　*　　　*

최종 스코어 1—0.

누구도 예상치 못했던 송성문의 눈부신 호투.

아, 이건 정정해야 했다.

이용운을 제외하고는 어느 누구도 예상치 못했던 송성문의 눈부신 호투와 8회 말에 터진 박건의 결승 적시타 덕분에 청우 로열스는 소중한 승리를 거두었다.

그리고 청우 로열스와 마경 스왈로우스의 3연전 2차전에서는 양 팀의 토종 에이스들인 권수현과 소진섭의 선발 맞대결이 펼쳐졌다.

*　　　*　　　*

〈청우 로열스 선발 라인업〉

1. 고동수.

2. 임건우.

3. 양훈정.

4. 앤서니 쉴즈.

5. 백선형.

6. 구창명.

7. 김천수.

8. 이필교.

9. 강지원.

Pitcher. 권수현.

한창기 감독이 경기를 앞두고 선발 라인업을 발표했다.

박건이 큰 폭의 변화가 있는 선발 라인업을 유심히 살폈다.

기존의 선발 라인업과 달라진 점은 우선 배준영이 빠졌다는 점이었다.

트레이드로 청우 로열스에 합류한 후, 주전 자리를 꿰찼던 배준영이 선발 라인업에 빠진 대신 구창명이 유격수로 경기에 출전했다.

타순에도 변화가 있었다.

기존에 6번 타순에 포진됐던 임건우가 2번 타순에 들어섰고, 배준영 대신 출전한 구창명이 6번 타순에 포진했다.

주로 9번 타순을 맡았던 김천수가 7번 타순으로 올라간 것도 눈에 띄는 점이었다.

그렇지만 가장 큰 변화는 박건의 선발 라인업 제외였다.

박건이 선발 라인업에서 제외된 대신, 좌익수 자리에는 2군에서 콜업 된 강지원이 출전했다.

'기분이 묘하네.'

선발 라인업 명단에서 자신이 제외된 것을 확인한 박건이 슬쩍 미간을 찌푸렸을 때였다.

"마음에 든다."

함께 청우 로열스 선발 라인업 명단을 확인하던 이용운이 말했다.

'내가 빠졌는데 마음에 든다고?'

빈정이 상한 박건이 퉁명스러운 목소리로 물었다.

"대체 뭐가 마음에 든다는 겁니까?"

"일단 내 의중대로 선발 라인업이 짜였다는 게 마음에 든다."

"그래서 좋습니까?"

"응?"

"기어이 저를 선발 라인업에서 제외시키고 나니까 만족하시냐는 뜻입니다."

박건이 살짝 언성을 높였다.

오늘 경기 선발 라인업에서 제외된 이유.

부진한 경기력 때문이 아니었다.

당장 어제 경기만 하더라도 박건은 0의 균형을 깨는 결승 적시타를 터뜨렸으니까.

그럼에도 불구하고 박건이 선발 라인업에서 제외된 데는 팟캐스트 방송 '독한 야구'의 영향이 컸다.

"박건 선수가 결승 적시타를 터뜨리긴 했지만, 정타는 아니었습니다. 운 좋게 텍사스안타가 된 거죠. 그 타구를 통해서 박건 선수의 배트 스피드가 직구의 구속을 따라가지 못한다는 것이 증명됐죠. 그리고 박건 선수의 배트 스피드가 느려진 이유는 체력적으로 한계에 다다랐기 때문입니다. 박건 선수의 경우, 프로 데뷔 이후 올 시즌 가장 많은 경기에 출전하고 있습니다. 풀타임 출전 경험이 없기 때문에 체력 안배에 어려움을 겪으면서 체력적으로 문제를 드러내는 거죠. 이제부터 청우 로열스에게 가장 중요한 것은 박건 선수를 비롯한 주전선수들의 체력 문제를 어떻게 안배하느냐 여부입니다."

이용운은 '독한 야구' 방송 중에 박건의 체력 문제에 대해 지적했다. 그리고 '독한 야구'의 열혈 청취자인 송이현 단장과 제임스 윤 스카우트 팀장은 이 부분을 한창기 감독에게 알렸을 것이었다.

또, 한창기 감독이 그 의견을 수용한 바람에 박건이 선발 라인업에서 제외됐을 확률이 높았다.

따라서 결과적으로 이용운 때문에 박건이 오늘 경기 선발 라인업에서 제외된 셈인 것이었다.

또, 본인의 의도대로 선발 라인업이 짜인 것에 이용운이 만족감을 표시한 것이었고.

"많이 속상한가 보지?"

"속상하네요."

2군을 전전한 시간이 길어서일까.

박건은 1군 무대에 합류해서 주전으로 경기에 출전하는 것의 소중함을 알고 있었다.

그래서 선발 라인업에게 제외된 것을 자신의 눈으로 확인한 순간, 박건은 못내 서운한 마음이 들었다.

그런 마음을 솔직히 표현한 순간, 이용운이 달래듯 입을 뗐다.

"속상해할 필요 없다."

"왜요?"

"이 보……."

"이 보 전진을 위한 일 보 후퇴라고요?"

"……?"

"아니면, 봉황의 깊은 뜻입니까?"

박건이 쏘아붙이자, 이용운이 픽 웃었다.

"잘 아네."

"저는 멀쩡합니다."

"뭐가 멀쩡하다는 거냐?"

"체력적으로 아무런 문제가 없다는 겁니다."

박건이 강조했다.

그렇지만 이용운의 생각은 달랐다.

"체력적으로 한계가 닥쳤다."

"아니라니까요. 제 몸은 제가 가장 잘 압니다."

"중이 제 머리 못 깎는 법이지."

"바리깡으로 밀면 되잖습니까?"

"은유법도 몰라?"

이용운이 혀를 끌끌 찼다.

그 반응이 박건의 빈정을 더욱 상하게 만들었다.

"저는… 저는……."

"소탐대실(小貪大失)이란 사자성어가 있다."

"……?"

"당연히 모르지?"

마음 같아서는 안다고 소리치고 싶었다.

그렇지만 모르는 것을 안다고 할 수는 없는 노릇.

그래서 박건이 잠자코 있자, 이용운이 설명했다.

"작은 것을 탐하다가는 큰 것을 잃는다는 뜻의 사자성어이다. 지금 후배의 상태와 딱 어울리는 사자성어이지."

"왜 저와 딱 어울리는 사자성어라는 겁니까?"

"작은 것을 탐하고 있으니까. 규정타석을 채우는 것을 욕심내고 있는 것, 맞지?"

'괜히 귀신이 아니구나.'

박건이 속으로 혀를 내둘렀다.

0.347.

현재 박건이 기록하고 있는 타율이었다.

리그에서 탑10 안에 들어가는 고타율.

그렇지만 현재 타율 10위권 안에 박건의 이름은 포함되지 않았다.

박건이 규정타석을 채우지 못했기 때문이었다.

'정규시즌이 끝날 때까지 계속 선발 출전하면서 꾸준히 타석에 들어서면 규정타석을 채울 수 있다.'

박건은 이미 계산을 마친 후였다.

그리고 규정타석을 채운 후, 타율 10위권 안에 이름을 올릴 수 있다면?

연봉 협상에서 유리한 고지를 점할 수 있다는 계산도 마친 후였다.

그런 박건의 속내를 이용운은 정확히 꿰뚫고 있었다.

"작은 것을 탐하는 것이 아니라고 생각합니다."

잠시 후, 박건이 대답하자, 이용운이 반박했다.

"컨디션이 안 좋은 상태로 계속 경기에 출전하는 것이 과연 팀에 도움이 될까?"

"제 몫은 할 수 있습니다."

"그건 후배 생각이고."

이용운이 다시 입을 뗐다.

"결국 중요한 것은 청우 로열스의 우승이야. 옵션 금액인 오억 원을 후배가 수령하기 위해서는 청우 로열스가 한국시리즈 우승을 차지해야 하니까."

"그렇지만……."

"규정타석을 채워서 타격 순위 7위나 8위쯤에 후배의 이름이 올라갔다고 쳐. 분명히 연봉 협상에서 인상 요인이 될 거야. 그렇지만 그 인상액이 클까? 청우 로열스가 한국시리즈에서 우승했을 때 후배가 받는 옵션액이 클까?"

"…옵션액이 크죠."

박건이 대답하자, 이용운의 목소리가 높아졌다.

"잘 알고 있네. 결국 청우 로열스를 우승시키는 것이 최선이야. 그것을 위해서는 후배가 최상의 컨디션으로 경기에 출전해야 하고."

이용운의 이야기는 틀린 부분이 없었다.

그래서 박건이 더 반박하지 못하고 입을 다물었을 때, 이용운이 덧붙였다.

"한창기 감독이 왜 배준영이 아니라 구창명을 선발로 출전시켰는지 알아?"

"그건 감독님께서 구창명 선배의 컨디션이 배준영 선배보다 더 괜찮다고 판단했기 때문이 아닐까요?"

"후배 때문이야."

"네?"

"후배 때문이라고."

예상치 못했던 이야기였다.

그래서 박건이 두 눈을 껌벅이고 있자, 이용운이 다시 입을 뗐다.

"후배가 선발 라인업에서 빠지면서 청우 로열스의 공격력이 약화됐다는 것을 한창기 감독도 알고 있어. 그래서 오늘 경기 유격수로 배준영 대신 공격력이 더 나은 구창명을 선발 출전시킨 거야."

"그런 이유가 있었군요."

"한창기 감독은 아마 널 결정적인 순간에 대타자로 기용할 거야. 일단은 푹 쉬면서 체력을 보충해."

박건이 고개를 끄덕였을 때였다.

"그리고 더그아웃에서 잘 지켜봐라."

"……?"

"오늘 경기에서 청우 로열스는 이상적인 경기를 할 확률이 높거든."

*　　　*　　　*

삼자범퇴.

권수현은 1회 초 수비에서 세 타자를 가볍게 처리하면서 쾌조의 스타트를 끊었다.

1회 말 청우 로열스의 공격.

고동수는 마경 스왈로우스의 선발투수인 소진섭을 상대로 중전안타를 뺏어내며 출루해 리드오프 임무를 해냈다.

슈악.

딱.

박건을 대신해 2번 타자로 출전한 임건우는 2루수 방면 내야 땅볼을 기록해 1루 주자 고동수를 2루까지 보내는 데 성공했다.

"한창기 감독은 임건우에게 전형적인 2번 타자 임무를 기대하고 2번 타순에 포진시켰다. 그리고 임건우는 그 기대에 부응했다."

기존의 전형적인 2번 타자에게 요구되는 것은 작전 수행 능력과 진루타를 기록하는 것.

임건우는 진루타를 기록하며 한창기 감독의 기대에 부응한 것이었다.

4번 타자 앤서니 쉴즈의 최근 타격감이 워낙 좋기 때문일까.

소진섭은 1루가 비어 있는 상황임에도 불구하고, 3번 타자 양훈정과의 승부를 피하지 못했다.

슈악.

따악.

소진섭과 풀카운트 승부를 펼친 양훈정은 스트라이크존을 통과한 커브를 걷어 올려 우전안타를 만들어냈다.

1—0.

발 빠른 2루 주자 고동수가 여유 있게 홈으로 들어오며 청우 로열스는 비교적 손쉽게 선취점을 올렸다.

아직 찬스는 끝이 아니었다.

4번 타자 앤서니 쉴즈와의 정면 대결을 부담스러워한 소진섭은 유인구 위주의 피칭을 하다가 볼넷을 허용했다.

1사 1, 2루에서 타석에 들어선 5번 타자 백선형은 헛스윙 삼진으로 물러났다.

'끝인가?'

박건이 이렇게 판단한 순간, 타석에는 6번 타자 구창명이 들어섰다.

슈아악.

따악.

그리고 구창명은 1, 2루 간을 꿰뚫는 우전안타를 터뜨리며 2루 주자인 양훈정을 불러들이는 데 성공했다.

스코어가 2—0으로 바뀐 순간, 이용운이 말했다.

"배준영 대신 구창명을 선발 라인업에 포함시킨 한창기 감독의 의도가 적중했다."

박건이 고개를 끄덕였다.

타격 능력이 배준영보다 더 뛰어난 구창명이 6번 타순에 포진된 것이 청우 로열스가 추가점을 올릴 수 있던 원동력.

한창기 감독의 계산이 적중한 셈이었다.

슈악.

따악.

2사 1, 3루 상황에서 타석에 들어선 7번 타자 김천수의 타구는 배트 중심에 걸렸다.

'적시 2루타?'

타구의 비거리가 길다는 것을 확인한 박건이 벌떡 일어나며 생각했다. 그렇지만 우익수가 펜스 앞에서 가까스로 타구를 잡아내면서 아쉽게 적시타가 되지 못했다.

'만약 적시타가 됐다면 초반에 승기를 잡을 수 있었을 텐데.'

박건이 아쉬움을 드러낸 사이, 공수가 교대됐다.

*　　　*　　　*

2—1.

박빙의 승부가 이어지는 가운데 경기는 반환점을 돌았다.

6회 초 마경 스왈로우스의 공격은 3번 타자 정현준부터 시작이었다.

클린업트리오를 상대해야 하는 권수현은 부담감을 느낀 듯 갑자기 제구가 흔들렸다.

퍽.

2볼 1스트라이크 상황에서 권수현은 몸쪽 커브를 던지다가 사구를 허용했다.

무사 1루 상황에서 타석에 들어선 최원우는 깔끔한 좌전 안타를 기록했다.

무사 1, 2루로 상황이 변하자, 한창기 감독이 마운드를 방문했다.

"교체할 거다."

이용운의 이야기를 들은 박건이 고개를 갸웃했다.

비록 6회에 접어들며 무사 1, 2루의 실점 위기에 봉착하긴 했지만, 권수현의 오늘 투구는 나쁘지 않았다.

마경 스왈로우스의 외국인 타자 짐 맥그리거에게 불의의 솔로 홈런을 허용하긴 했지만, 그것을 제외하면 이렇다 할 실점 위기도 허용하지 않았다.

권수현의 투구수는 불과 75개.

그래서 교체는 너무 이르다고 박건이 판단했을 때였다.

한창기 감독이 앞으로 내밀고 있는 손에 권수현이 공을 넘겨주는 모습이 보였다.

'진짜 교체했다?'

그 모습을 확인한 박건이 놀란 표정을 지었을 때였다.

"왜 놀라? 교체할 거라고 알려줬잖아."

"아무리 생각해도 교체 타이밍이 너무 이른 것 같아서요."

"이르지 않아. 지금이 적기야."

"……?"

"권수현이 천적 관계라도 불러도 좋을 정도로 짐 맥그리거한테 무척 약하거든."

특정 선수에게 특별히 강하거나 약한 면모를 보일 때, 흔히 천적 관계라는 표현을 사용했다. 그리고 권수현과 짐 맥그리거의 관계가 딱 천적 관계였다.

오늘 경기에서 권수현이 허용한 유일한 실점이 짐 맥그리거에게 솔로홈런을 빼앗긴 것이었다.

그뿐이 아니었다.

9타수 6안타. 2홈런.

짐 맥그리거와 권수현의 올 시즌 맞대결 성적이었다.

상대 타율이 6할이 넘어갈 정도로 짐 맥그리거는 권수현에게 강했다.

한창기 감독은 이런 부분을 감안해서 비교적 이른 시점에 권수현의 교체를 결정한 것이었다.

'누굴 올리지?'

권수현의 교체 타이밍이 너무 이르다고 박건이 판단했던 또 하나의 이유는 청우 로열스의 붕괴된 불펜진이었다.

백철기를 마운드에 올리기에는 너무 이르다고 판단한 순간, 라이언 벤슨이 마운드로 올라가는 모습이 들어왔다.

"송성문을 선발진에 합류시키는 대신, 라이언 벤슨을 불펜투수로 활용해야 합니다. 현재로서는 그게 최선입니다."

'독한 야구' 방송 중에 이용운이 제시했던 해법이었다. 그렇지만 실제로 라이언 벤슨이 불펜투수로 출전한 것은 이번이 처음이었다.

그래서 박건이 놀란 표정을 짓고 있을 때였다.

"야수 교체."

한창기 감독은 권수현을 교체하는 데서 그치지 않았다.

유격수 구창명을 배준영으로 교체하는 선택을 내렸다.

그때, 이용운이 말했다.

"두고 봐라. 불펜투수 라이언 벤슨과 선발투수 라이언 벤슨은 다를 것이다."

*　　　*　　　*

라이언 벤슨이 상대해야 하는 첫 타자.

마경 스왈로우스의 5번 타자인 짐 맥그리거였다.

슈악.

따악.

라이언 벤슨의 3구째 슬라이더를 짐 맥그리거가 힘껏 잡아당겼다.

'잘 맞았다.'

경쾌한 타격음을 들은 박건의 시선이 타구를 좇았다.

유격수 정면으로 향하는 강습타구.

'불규칙바운드?'

배트 중심에 워낙 잘 맞은 타구의 속도는 무척 빨랐다. 게다가 타구를 처리하기 위해서 기다리던 배준영의 앞에서 불규칙바운드가 발생했다. 그래서 한 번에 포구하기 쉽지 않을 거라고 박건이 판단했을 때였다.

퍽.

박건의 예상대로 배준영은 한 번에 타구를 처리하지 못했다.

일단 몸으로 강습타구를 막아 세웠다.

데구르르.

배준영은 자신의 앞쪽에 떨어뜨린 타구를 잡아 침착하게 2루로 송구했다. 그리고 2루수가 지체 없이 1루로 송구했다.

"아웃."

짝짝.

병살플레이가 완성된 순간, 박건이 박수를 쳤다.

배준영의 수비는 이번에도 감탄이 저절로 나올 정도로 깔끔했다.

'침착해. 그리고 상황판단이 무척 빨라.'

짐 맥그리거의 타구가 불규칙바운드를 일으켰음에도 불구하고, 배준영은 당황하지 않았다.

마치 불규칙바운드가 발생할 것을 예상했던 것처럼 침착하게 대응했다.

글러브를 이용해 타구를 잡는 것을 빠르게 포기하고, 불규칙바운드를 일으킨 타구를 몸으로 막아서 멀리 굴러가지 않게 만든 것.

짐 맥그리거의 발이 빠르지 않은 편이라는 것을 알기에 서두르는 대신 침착하게 2루로 송구한 것.

배준영의 경험을 바탕으로 한 순간적인 상황판단 능력이 뛰어나다는 증거였다.

배준영의 호수비 덕분에 무사 1, 2루였던 상황은 2사 3루로 바뀌었다.

슈아악.

딱.

라이언 벤슨은 6번 타자 이을영을 상대로 평범한 외야플라이를 유도해 내며 무실점으로 이닝을 마무리했다.

*　　　*　　　*

슈아악.

"스트라이크아웃."

손태민이 던진 바깥쪽 직구가 홈플레이트를 통과한 순간, 주심이 지체 없이 스트라이크아웃을 선언했다.

"낮았잖아요."

타자가 너무 낮았다고 어필했지만, 주심의 판정은 바뀌지 않았다.

최종 스코어 2-1.

경기는 청우 로열스의 승리로 끝이 났다.

선발투수 권수현이 5이닝 1실점의 호투를 펼친 이후, 라이언 벤슨이 2이닝, 백철기가 1이닝, 그리고 마무리투수 손태민이 1이닝씩을 나눠 던지며 한 점 차의 리드를 끝까지 지켜냈다.

"내가 말했지 않느냐? 오늘 청우 로열스는 이상적인 경기를 할 확률이 높다고."

경기가 종료된 순간, 이용운이 상기된 목소리로 말했다.

그런 그의 말대로였다.

득점은 많지 않지만, 탄탄한 수비와 안정된 불펜진을 바탕으로 실점을 최소화하면서 리드를 끝까지 지키며 승리하는 것.

청우 로열스의 승리 공식이었다. 그리고 오늘 경기에서 그 승리 공식이 완벽하게 구현된 셈이었다.

그렇지만 박건은 불만 섞인 표정으로 입을 뗐다.

"제가 출전 안 했습니다."

경기 시작 전, 이용운은 박건이 승부처에서 대타자로 출전할 가능성이 높다고 예측했다.

그렇지만 그의 예측은 빗나갔다.

박건은 끝내 경기에 출전하지 않고 더그아웃을 지켰으니까.

그럼에도 불구하고 청우 로열스의 이상적인 경기였다는 이용운의 평가가 박건의 심기를 불편하게 만든 것이었다.

그러나 이용운은 여전히 당당한 목소리로 대꾸했다.

"그래서 더 이상적인 경기였다."

"……?"

"후배가 체력을 비축하면서 청우 로열스가 승리를 거두었으니까."

'그런가?'

박건이 고개를 갸우뚱했을 때, 이용운이 덧붙였다.

"꽉 잡아라. 다시 올라갈 테니까."

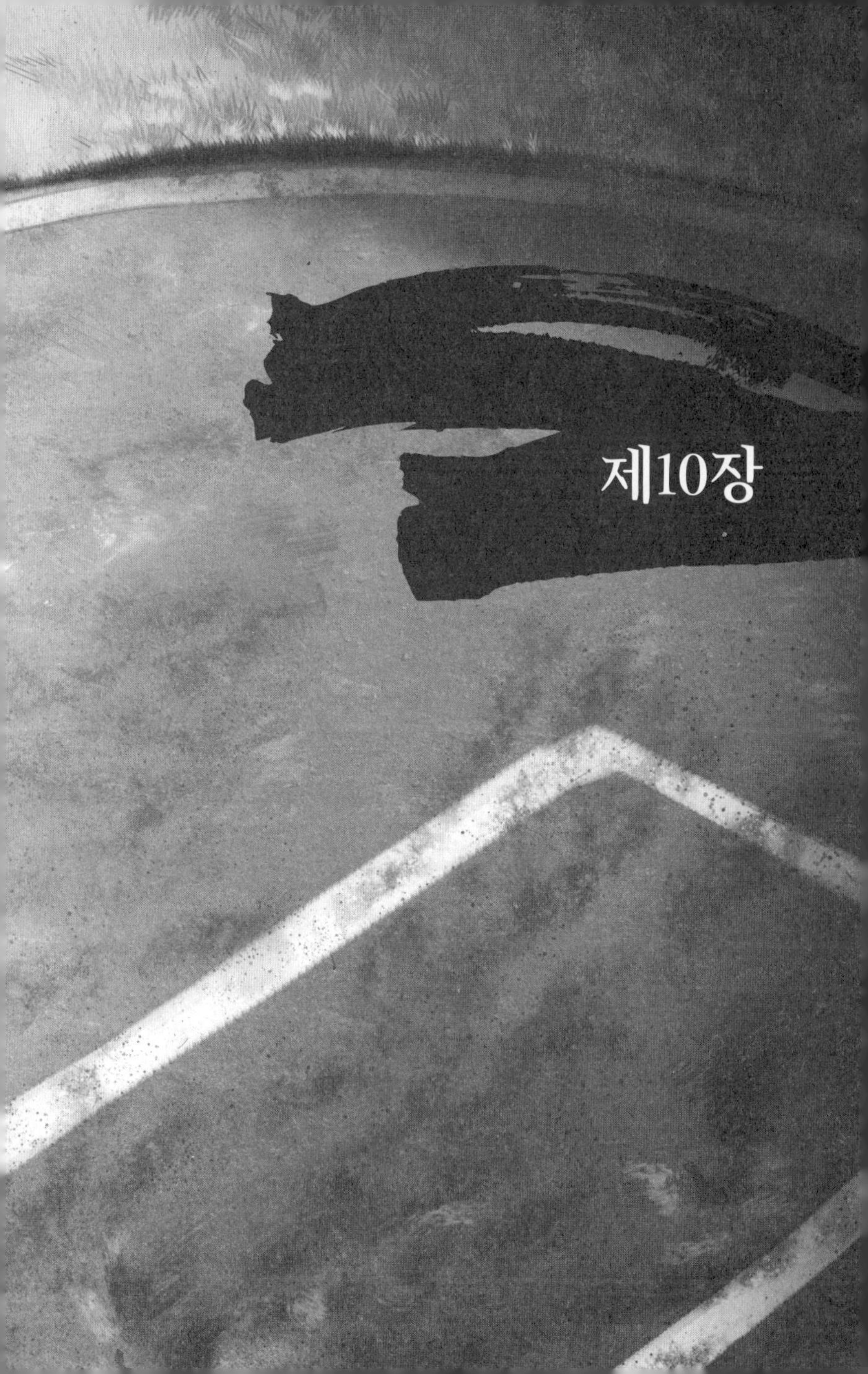

제10장

"당신이 좋아하는 야구의 모든 것을 보여드립니다. '너와 나, 우리의 야구'의 MC 채선경입니다. 정규시즌이 어느덧 막바지에 다다라 있는 지금, 가장 핫한 팀은 바로 청우 로열스입니다. 정규시즌 초반에 리그 최하위였던 청우 로열스는 현재 리그 3위까지 순위가 상승했습니다. 팬들은 물론이고, 여러 전문가분들도 예상치 못했던 선전인데요. 과연 정규시즌이 끝났을 때 청우 로열스가 어느 위치에 있을지 저도 기대가 됩니다."

스포츠전문채널인 TBS SPORTS의 프로그램 중 하나인 '너와 나, 우리의 야구'의 MC가 오프닝을 하기 시작했다.

'너와 나, 우리의 야구'는 그 날 각 구장에서 열렸던 야구 경기의 하이라이트를 편집해서 보여주고, 아나운서 채선경과 해설위원들이 경기 내용을 분석하는 것이 주요 포맷.

NBS SPORTS 채널의 프로그램인 '아이 라이크 베이스볼'과 포맷이 거의 흡사한 경쟁 프로그램이었다.

한때 '아이 라이크 베이스볼'이 비슷한 포맷의 프로그램들 가운데 가장 큰 인기를 누릴 때가 있었지만, 지금은 상황이 바뀌었다.

현재는 비슷한 포맷의 프로그램들 가운데 TBS SPORTS 채널에서 방송하는 '너와 나, 우리의 야구'의 인기가 압도적이었다.

"'아이 라이크 베이스볼'은 이성훈 때문에 망했어."

이용운이 기회를 놓치지 않고 '아이 라이크 베이스볼'에서 해설위원으로 활약하고 있는 이성훈을 욕했다.

"진짜 하고 싶은 말씀은 다른 것이죠?"

"응?"

"내가 죽고 난 후, '아이 라이크 베이스볼'이란 프로그램의 시청률과 인기가 꾸준히 하락하고 있다. 이게 진짜 하고 싶은 말씀이지 않습니까?"

박건이 지적하자, 이용운이 웃으며 말했다.

"부부는 서로 닮는다는 이야기, 들어본 적 있냐?"

"들어봤습니다."

"후배도 날 닮아가는구나."

"……?"

"내 속내를 제대로 읽어내기 시작했다는 뜻이다."

이용운이 칭찬했다.

그렇지만 박건은 웃지 못했다.

'내가 귀신이 돼간다는 소리야?'

퍼뜩 이런 생각이 들었기 때문이었다.

그때, 이용운이 화제를 돌렸다.

"그런데 왜 '아이 라이크 베이스볼'이 아니라 '너와 나, 우리의 야구'를 보는 거지?"

"선배님을 위해서입니다."

"날 위해서라고?"

"불편해하실 것 같아서요."

당시의 앙금이 아직 남아 있기 때문일까.

이용운은 '아이 라이크 베이스볼'을 시청할 때마다 이성훈에게 적의를 드러냈다.

그 사실을 기억하고 있었던 박건이 대답하자, 이용운이 흡족한 목소리로 말했다.

"날 배려한 선택이라는 뜻이구나."

"뭐, 그런 셈이죠."

박건이 대충 대답한 후, 다시 '너와 나, 우리의 야구'를 시청하기 시작했다.

"오늘도 변함없이 두 분의 해설위원과 함께합니다. 김문식 위원님, 그리고 최태룡 위원님의 예측도 빗나갔습니다. 두 분 모두 청우 로열스를 꼴찌 후보로 예측하셨던 것, 기억하고 계시죠?"

채선경의 질문을 받은 두 해설위원이 동시에 난감한 표정을 지었다.

"인정합니다. 제 예상이 빗나갔습니다."

"청우 로열스가 이렇게 잘할 줄 몰랐어요."

그들이 예측 미스를 인정한 순간, 채선경이 진행을 이어나갔다.

"말이 나온 김에 청우 로열스와 한성 비글스의 경기부터 분석해 보도록 하겠습니다. 양 팀의 정규시즌 최종전, 박건 더비라고도 불렸던 경기였는데요. 오늘 경기 결과, 어떻게 됐을까요? 하이라이트 영상으로 직접 확인해 보시죠."

화면에 청우 로열스와 한성 비글스의 경기 하이라이트 영상이 흘러나왔다. 그리고 하이라이트 영상이 끝나자마자, 채선경이 진행을 시작했다.

"보셨다시피, 양 팀의 정규시즌 최종전에서도 청우 로열스가 승리를 거두었습니다. 먼저 김문식 위원님, 어떻게 보셨습니까?"

"오늘 경기가 박건 더비라고 불렸던 이유는 한성 비글스 소속이었던 박건 선수가 웨이버공시 된 후 청우 로열스로 영입됐기 때문인데요. 박건 선수가 청우 로열스로 이적한 후, 훌륭한 활약을 펼치고 있기 때문에 한성 비글스 프런트는 아마 땅을 치고 후회하고 있을 겁니다. 오늘 경기에서도 박건 선수가 결승 적시타를 때려냈죠. 직접 화면을 보면서 설명드리겠습니다. 7회 1사 1, 2루 상황에서 박건 선수가 타석에 들어선 상황입니다. 박건 선수는 바뀐 투수인 김태하 선수의 3구째 직구를 노려 쳐서 우익수의 키를 넘기는 2타점 결승 적시타를 만들어냈습니다. 느린 화면으로 보시면 알겠지만, 박건 선수가 타격할 때, 타석의 위치가 가장 뒤쪽에 있습니다. 배트 스피드가 떨어져서 직구 대처 능력이 떨어진다는 약점을 극복하기 위해서 스스로 해법을 찾아낸 것으로 보입니다. 아주 영리한 선수입니다."

김문식 해설위원이 설명을 마쳤을 때, 이용운이 물었다.

"아니지?"

"네, 아닙니다."

"왜 타석 위치를 안 옮겼지?"

"깜박했습니다."

박건이 머리를 긁적이며 대답했다.

당시 이용운은 김태하가 슬라이더를 던질 거라고 예측했다. 그래서 타석의 위치를 앞쪽으로 옮겨야 했는데 깜박한 것이었다. 그런데 이용운의 구종 예측은 틀렸다. 그래서 결과적으로는 타석 가장 먼 곳에서 타격한 것이 오히려 도움이 된 것이었다.

"자, 그럼 박건 선수에 대해서 더 알아볼까요? 청우 로열스의 상승세에 대해서 이야기하기 위해서는 청우 로열스 돌풍의 핵으로 손꼽히는 박건 선수에 대해서 자세하게 알아볼 필요가 있습니다. 일단 한성 비글스 소속 선수일 당시 박건 선수는……."

"말이 너무 많네요."

박건이 한숨을 내쉬며 입을 뗐다.

처음에는 자신의 활약을 집중 조명 해주는 것이 고마웠다.

그렇지만 너무 길어지니까 쑥스러웠다.

그때, 이용운이 물었다.

"다른 이유가 있는 거지?"

"어떤 이유요?"

"김문식의 말이 너무 많아서 채선경 분량이 줄어드는 게 아쉬운 것 아냐?"

그 말을 들은 박건이 움찔했다.

'또 속내를 들켰네.'

박건이 '아이 라이크 베이스볼'에서 '너와 나, 우리의 야구'로

프로그램을 갈아탄 이유.

이용운을 위해서가 아니었다.

채선경의 팬이었기 때문이었다.

"혹시 채선경을 좋아하냐?"

박건의 반응을 살피던 이용운이 다시 물었다.

"팬으로서 좋아합니다."

박건이 대답한 후, 조심스럽게 물었다.

"혹시 채선경 아나운서를 아십니까?"

이용운은 생전에 NBS SPORTS 채널의 해설위원으로 일했다.

반면 채선경은 TBS SPORTS 채널의 프로그램을 맡고 있었다.

그래서 두 사람 사이에 접점이 있을 가능성은 낮은 편이었다.

그럼에도 불구하고 혹시나 하는 기대를 품은 채 묻자, 이용운이 대답했다.

"알지."

"어떻게 아십니까?"

"야구장에서 자주 만났다. 꽤 괜찮은 아나운서다."

'아이 라이크 베이스볼'의 진행자인 최희영 아나운서에 대해 물었을 때, 이용운은 혹평을 꺼냈다.

그런데 채선경 아나운서에게는 호평을 꺼냈다.

"왜 괜찮은 아나운서라고 평가하신 겁니까?"

"내 팬이었거든."

이용운에게서 대답이 돌아온 순간, 박건이 한숨을 내쉬었다.

'그럼 그렇지.'

아무런 이유 없이 이용운이 채선경 아나운서에게 호평을 했을 리 없었다.

"진짜 팬이 맞습니까?"

"맞다."

"어떻게 확신하십니까?"

"야구장에서 마주쳤을 때, 날 찾아와서 팬이라고 고백했거든."

'사실일까?'

박건이 반신반의하고 있을 때, 이용운이 덧붙였다.

"나와 같이 꼭 한번 방송을 해보고 싶다고 말했다. 이게 사람을 보는 눈이 있다는 증거지."

'보기보다 사람 보는 눈이 별로네.'

박건이 속으로 생각했을 때, 이용운이 다시 말했다.

"제사보다 젯밥에 관심이 많았던 최희영과는 다르다. 채선경은 야구를 좋아해서, 또 야구에 대한 애정이 있어서 스포츠 아나운서가 된 케이스이니까. 그래서 하는 말인데… 꽤 괜찮은 신붓감이다."

그런 이용운의 이야기를 들은 박건이 살짝 당황했을 때였다.

"왜 그렇게 놀라?"

이용운이 의미심장한 목소리로 물었다.

"그게……."

"채선경 아나운서를 좋아한다면서?"

"어디까지나 팬으로서 좋아하는 겁니다."

"정말 그게 다야?"

이용운은 끈질기게 추궁했다.

박건이 더 버티지 못하고 대답했다.

"능력도 있고 미인이기도 하죠."

"그래서 이성으로서 호감이 있다?"

"아주 없진 않죠."

"빨리 결혼하는 것도 나쁘지 않지."

이용운이 덧붙인 이야기를 들은 박건이 황당한 기색을 드러냈다.

채선경 아나운서의 팬이라고 밝혔을 뿐인데.

어느새 이용운은 결혼이란 단어를 꺼내고 있었다.

'이게 바로 떡 줄 사람은 생각도 않는데 김칫국부터 마신다는 건가?'

해서 박건이 속으로 이렇게 생각했지만, 이용운은 아랑곳하지 않고 말을 이었다.

"현역 선수 시절에 내가 가장 후회하는 것이 뭔지 알아?"

"뭡니까?"

"결혼을 안 한 거야."

"……?"

"그때, 미선이와 결혼을 했었어야 했는데."

박건이 심드렁한 표정을 지었다.

이용운의 생전 연애사 이야기에는 전혀 관심이 없었기 때문이었다.

평소에는 박건의 속내를 기가 막히게 꿰뚫어 보던 이용운이었는데, 오늘은 달랐다.

본인의 과거 연애사 이야기에 심취한 탓인지 계속 이야기를 이어나갔다.

"만약 미선이와 결혼했다면 내 인생이 달라졌을 텐데."

아쉬움이 가득 묻어나는 이용운의 목소리를 듣던 박건이 더 참지 못하고 말했다.

"너무 이기적인 것 아닙니까?"

"왜 이기적이라는 것이냐?"

"만약 그때 선배님이 결혼을 했으면… 그분은 지금 과부가 되었을 테니까요."

박건의 말이 끝나기 무섭게 이용운이 반박했다.

"그게 아니지."

"왜 아니란 겁니까?"

"만약 그때 내가 결혼을 했다면 인생이 백팔십도 달라졌을 테니까. 그랬다면 내가 해설위원이 됐을 리도 없고, 또 이렇게 허망하게 죽지도 않았을 거야."

'사람 생사가 어디 맘대로 되는 겁니까?'

박건이 속으로 한숨을 내쉬며 지적했다.

"저기… 이야기가 삼천포로 빠지고 있는 것 같습니다."

그 지적을 들은 이용운이 반박했다.

"삼천포로 좀 빠지면 어떠냐? 모로 가도 서울만 가면 된다는 속담도 모르냐? 아, 또 내가 후배를 과대평가했군. 이 속담을 모르겠구나."

"압니다."

"진짜 알아?"

"네."

"그럼 잠자코 들어. 비록 후배의 지적처럼 잠깐 삼천포로 빠지긴 했지만, 중요한 건 결혼이니까."

"……?"

"프로선수에게는 가정을 빨리 이루는 것도 무척 중요해. 그래야 안정된 환경에서 야구에만 집중할 수 있고, 책임감도 강해지는 거거든. 아까 내가 결혼을 하지 않았던 것을 후회한 것도 그 이유 때문이었다. 만약 그때 미선이와 결혼했다면, 난 훨씬 더 괜찮은 선수가 됐을 거야."

'어디까지나 가정이지 않습니까?'

이렇게 소리치고 싶은 것을 박건이 꾹 참았다.

지금 이야기를 꺼내고 있는 이용운의 목소리에 진심으로 후회하고 있다는 감정이 느껴졌기 때문이었다.

"그래서 난 후배에게 빨리 결혼을 해서 가정을 이루는 것을 추천한다. 그리고 기왕 결혼을 할 거라면 괜찮은 신붓감과 결혼하는 편이 좋지. 그래서 내가 아까 채선경 아나운서를 추천한 거다. 채선경 아나운서는 야구선수들의 생활 패턴에 대해 잘 알고 있거든. 그래서 내조를 잘할 거야."

이번에는 박건이 반박하지 못하고 수긍했다.

프로야구선수는 일반적인 직장인들과는 생활 패턴부터 수익 구조까지 무척 많은 면이 달랐다.

그래서 프로야구선수의 고충과 불규칙한 스케줄, 그리고 심리 상태 등을 잘 알고 이해하는 여성과 결혼하는 편이 좋았다.

그런 면에서 보자면 채선경은 훌륭한 신붓감 후보였다.

'괜찮지 않을까?'

박건이 머릿속으로 상상의 나래를 펼치기 시작했다.

'채선경과 함께 침대에서 눈을 뜨고, 그녀가 정성을 다해 준비한 10첩 반상 아침을 함께 먹고 경기장으로 출근한다. 그리고 좋은 활약을 펼쳤을 때는 함께 기뻐해 주고, 활약을 못 했을 때는 따뜻한 말로 위로해 준다. 내 기분을 풀어주기 위해서 그녀가 준비한 와인을 마시다가 번쩍 안아 들고 침대로 향해서……'

잠시 후, 박건이 고개를 흔들며 상념을 떨쳤다.

혼자 김칫국을 한 사발 드링킹 하고 있다는 생각이 들어서였다.

'한심하네.'

박건이 스스로가 한심하단 생각을 하고 있을 때, 이용운이 말했다.

"안 될 건 뭐야?"

"네?"

"채선경과 결혼하는 것 말이야. 안 될 이유가 있느냐고?"

"당연히… 안 되죠."

"왜 당연히 안 된다고 생각하지?"

"저는 평범에도 미치지 못하는 야구선수에 불과하니까요."

박건이 풀 죽은 목소리로 대답하자마자, 이용운이 입을 뗐다.

"예전엔 그랬지."

"예전…요?"

"날 만나기 전 예전의 후배는 2군을 전전하던 평범에 미치지 못했던 야구선수였지만, 지금은 청우 로열스 돌풍의 핵이자 KBO 리그를 통틀어 가장 주목받는 선수 중 한 명이니까. 그리고 장차 세계 최고의 무대인 메이저리그에 진출해서 크게 이름을 떨치게 될 테니까."

이용운의 이야기가 박건에게 자신감을 불어넣어 주었다.

그래서 박건의 표정이 조금 밝아졌을 때, 이용운이 제안했다.

"한번 만나게 해줄까?"

* * *

'소개팅?'

이용운의 제안을 들은 박건의 기분이 들떴다.

채선경과 소개팅을 할 수 있을 거란 기대가 생겼기 때문이었다.

그러나 박건은 머잖아 이상에서 깨어나 냉엄한 현실로 돌아왔다.

'가능할 리가 없잖아.'

소개팅이 성사되기 위해서는 주선자가 필요했다. 그렇지만 이용운은 소개팅의 주선자가 될 수 없었다.

그의 신분이 사람이 아니라, 귀신이었기 때문이었다.

잠시 들떴던 마음을 가라앉힌 박건이 이용운에게 따지듯 물었다.

"어떻게 채선경 아나운서와 만남을 주선하시겠다는 겁니까? 방법이 없지 않습니까?"

"방법은 있다."

"자꾸 깜박하시는 것 같은데 선배님은 이미 이 세상 사람이 아니고……."

"나도 내가 귀신이라는 것을 알고 있다."

"그런데 어떻게……?"

"'너와 나, 우리의 야구'에 출연하면 된다."

이용운이 설명을 더했다.

"너도 알다시피 곧 정규시즌이 끝난다. 그리고 정규시즌이 끝날 때를 맞춰서 '너와 나, 우리의 야구'에서는 특집 방송을 준비하고 있다. 가을야구에 진출한 팀에서 가장 상징적이고 인기가 있는 선수들을 한 명씩 패널로 불러서 가을야구에 임하는 각오를 비롯해서 이런저런 토크를 하는 특집 방송이지. 그 특집 방송에 출연하게 되면, 자연스레 채선경 아나운서를 만날 수 있다."

"'너와 나, 우리의 야구'에서 그런 특집 방송을 준비하고 있다는 것은 대체 어떻게 아셨습니까?"

"예고를 봤지."

"그러니까 언제……."

박건이 도중에 말을 멈추었다.

'잠을 안 자는구나.'

이용운은 잠을 자지 않았다.

그런 이용운을 위해서 박건은 밤새 TV를 켜뒀다. 그리고 이용운은 밤새 TV를 시청하다가 '너와 나, 우리의 야구'에서 준비하는 특집 방송의 예고편을 봤을 가능성이 높았다.

"제가… 특집 방송의 패널로 참가할 수 있을까요?"

"자격은 충분하지. 청우 로열스가 리그 3위를 달리고 있는 데는 후배의 역할이 아주 컸으니까."

이용운이 열변을 토했다.

그 반응을 확인한 박건이 고개를 갸웃했다.

지금 보이고 있는 이용운의 반응이 과하다 싶을 정도로 너무 적극적이라는 생각이 들어서였다.

"알다시피 아직 청우 로열스의 가을야구 진출은 확정되지 않았다. 그러니까 일단 청우 로열스의 가을야구 진출부터 확정해야 한다. 그다음에……."

"저는 별로 안 내킵니다."

이용운의 말을 도중에 자르며 박건이 말했다.

"왜 안 내킨다는 거야?"

이런 반응을 예상치 못해서일까.

이용운이 언성을 높였다.

"아시다시피 무식한 데다가 말주변도 없는 편이라서요."

박건의 대답을 들은 이용운이 말했다.

"그것 때문이라면 신경 쓸 것 없다."

"왜 신경 쓸 필요가 없다는 겁니까?"

이용운이 대답했다.

"재치 있는 입담의 대명사인 내가 있잖아."

"……?"

"후배는 내가 시키는 대로만 말하면 돼."

* * *

청우 로열스와 대승 원더스의 3연전.

첫 경기를 앞두고 그라운드에서 스트레칭을 하던 박건이 이용운과의 대화를 천천히 곱씹었다.

'제사보다 젯밥에 관심이 있는 거였어.'

'너와 나, 우리의 야구'를 함께 시청하다가 우연히 시작됐던 대화.

이용운은 평소와 달랐다.

평소에 조리 있게 얘기하던 이용운은 그날따라 조리가 없었다.

이용운의 생전 연애사부터 결혼 찬양론, 그리고 '너와 나, 우리의 야구'에서 준비하고 있는 특집 방송 출연까지.

대화의 주제는 일관되지 않고 사방으로 널뛰었다.

또, 이용운의 반응은 과하다 싶을 정도로 열성적이었는데.

그 대화를 끝내고 차분히 곱씹다 보니, 이용운의 평소와 달랐던 점들이 이해가 가기 시작했다.

'해설위원으로 다시 카메라 앞에 서는 게 목적이었어.'

이용운의 진짜 목적은 박건과 채선경 아나운서를 만나게 해주려는 것이 아니었다.

박건을 이용해서 '너와 나, 우리의 야구'에 출연하고 싶은 것이었다.

물론 이용운은 지금도 팟 캐스트 방송인 '독한 야구'를 진행하고 있었다.

그렇지만 '독한 야구'는 인기가 없었다.

'존재감을 드러내기에는 역부족.'

허망한 죽음을 겪어서일까.

귀신이 된 이용운은 본인의 존재감을 드러내고 싶어 하는 욕심을 갖고 있었다.

그 욕심의 일환으로 '너와 나, 우리의 야구'에 출연하고 싶어 하는 것이었고.

'무슨 귀신이 욕심이 이렇게 많아?'

박건이 고개를 절레절레 흔들 때였다.

"이상하게 귀가 자꾸 간지럽다."

"……?"

"누가 내 욕하나?"

이용운의 말을 들은 박건이 속으로 뜨끔했다.

그렇지만 겉으로 내색하지 않고 침착하게 대답했다.

"선배님의 숙명입니다."

"숙명?"

"평소에 그렇게 독설을 날리셨으니까, 선배님 욕을 하는 사람들도 많지 않겠습니까?"

"그런가?"

다행히 이용운은 더 추궁하지 않았다.

그래서 박건이 내심 안도했을 때였다.

"오늘 경기는 무척 중요하다."

이용운이 오늘 경기의 중요성에 대해 강조했다. 그리고 굳이 이용운이 강조하지 않더라도 박건 역시 오늘 경기의 중요성에 대해서는 알고 있었다.

청우 로열스의 순위는 리그 3위.

대승 원더스의 순위는 리그 1위.

리그 3위와 1위의 맞대결이었다.

두 팀의 경기차는 네 경기.

이번 3연전에서 스윕을 거둔다면 리그 선두를 달리고 있는 대승 원더스와의 격차를 한 게임 차로 줄이는 것도 가능했다.

반면 스윕 패나 루징시리즈를 기록한다면, 대승 원더스를 추격할 동력을 상실하는 것은 물론이고, 리그 4위나 5위로 추락할 여지도 충분했다.

어쩌면 올 시즌을 통틀어 청우 로열스에게 가장 중요한 3연전.

"저도 알고 있습니다."

그래서 박건이 대답하자, 이용운이 확인하듯 물었다.

"진짜 알고 있냐?"

"청우 로열스가 우승을 하느냐 마느냐가 대승 원더스와의 3연전 결과에 달려 있으니까요."

정규시즌을 몇 위로 마치느냐는 무척 중요했다.

포스트시즌을 치르는 과정에서 체력적인 부담을 덜 수 있기 때문이었다.

가능하면 리그 선두 혹은 리그 2위로 마치는 편이 우승을 위해서 유리했다.

이건 확률로도 이미 증명이 되었다.

리그 3위 이하를 차지한 팀의 한국시리즈 우승 확률이 무척 낮다는 것이 이미 지표로도 나와 있었다.

"물론 청우 로열스의 정규시즌 최종 순위에 영향을 미치기 때문에 이번 3연전이 중요하다. 그렇지만 오늘 경기가 특히 중요한 데는 다른 이유가 있다."

"3연전 첫 경기 결과가 남은 시리즈에도 영향을 미치기 때문입니까?"

"아니."

"그럼요?"

"오늘 경기에 대승 원더스가 선발투수로 예고한 게 배원권이라서 중요하다."

'배원권.'

야구팬이라면 누구나 아는 이름이었다.

아니, 야구팬이 아니더라도 한 번쯤은 이름을 들어봤을 정도로 배원권은 KBO 리그를 대표하는 투수였다.

비록 올 시즌 중반에 부상을 당해서 전력에서 이탈하긴 했지만, 부상에서 복귀한 배원권은 다시 압도적인 모습을 보이고 있었다.

그리고 배원권의 존재가 대승 원더스가 올 시즌에도 리그 선두를 달리고 있는 원동력 중 하나였다.

배원권, 앤서니 니퍼트, 마이클 젠슨, 정원준으로 이어지는 대승 원더스의 선발투수진은 판타스틱4로 불리며 KBO 리그 최강의 선발진을 구축하고 있기 때문이었다.

'쉽지 않은 경기가 되겠네.'

3연전 첫 경기 선발투수가 배원권인 만큼, 오늘 경기가 쉽지 않을 거라고 박건이 막 판단한 순간이었다.

"메이저리그 구단 스카우터들이 잔뜩 몰려왔다."

이용운의 이야기를 들은 박건이 고개를 돌렸다.

그제야 평소와는 다른 풍경이 보였다.

외국인들이 옹기종기 모여 있는 모습을 확인한 박건이 물었다.

“혹시… 날 관찰하기 위해서 찾아온 겁니까?”

“몰랐는데 후배는 자뻑이 심하군.”

“자뻑…요?”

“메이저리그 스카우터들이 몰리게 만들 정도로 후배의 활약이 대단하진 않았거든.”

이용운이 정곡을 찔렀다.

머쓱한 표정을 지은 박건이 기대를 버리지 못하고 물었다.

“전부는 아니더라도 저들 중에 몇 명 정도는 저를 관찰하기 위해서 찾아오지 않았을까요?”

“한 명은 확실히 후배에게 관심이 있다.”

박건의 표정이 밝아졌다.

메이저리그 구단의 스카우터에게 관심을 받고 있다는 것이 믿기지 않을 정도로 기뻤기 때문이었다.

“제게 관심 있는 팀이 어디입니까?”

“청우 로열스.”

“네?”

“제임스 윤의 현재 직책이 청우 로열스 스카우트 팀장이거든.”

“……?”

“저기 제임스 윤이 섞여 있지 않느냐?”

박건이 다시 메이저리그 스카우터들이 모여 있는 관중석 쪽으로 시선을 돌렸다. 그리고 자세히 살피니, 제임스 윤이 다른 메이저리그 스카우터들과 대화하면서 웃고 있는 모습이 보였다.

'지인들이 많을 테니까.'

청우 로열스 스카우트 팀장으로 옮기기 전까지 제임스 윤은 메이저리그에서 스카우트 담당자로 일했었다.

지인들이 많은 것이 당연했다.

'괜히 좋아했네.'

박건이 다시 머쓱한 표정을 지었을 때, 이용운이 말했다.

"메이저리그 스카우터들이 몰려온 이유는 배원권 때문이다."

"배원권 때문이라고요?"

"올 시즌을 끝으로 메이저리그에 진출한다는 소문이 파다하거든."

박건도 그 소문을 들은 적이 있었다. 그래서 부러운 표정을 짓고 있을 때, 이용운이 다시 입을 뗐다.

"부러워할 필요 없다. 오히려 배원권에게 고마워해야 한다."

"왜 고마워해야 한다는 겁니까?"

"덕분에 후배에게도 기회가 생겼으니까."

"무슨 기회요?"

이용운이 대답했다.

"메이저리그 구단 스카우터들 앞에서 쇼케이스를 펼칠 기회."

* * *

청우 로열스와 대승 원더스의 3연전 1경기.

청우 로열스의 선발투수는 조던 픽스였다.

15승 6패, 방어율 2.24.

팀의 1선발 역할을 꾸준히 해온 조던 픽스는 오늘 경기에서도 인상적인 투구를 펼쳤다.

아니, 평소보다 더 완벽한 투구를 펼쳤다.

슈악.

부우웅.

"스트라이크아웃."

6회 초의 첫 타자인 서지훈을 헛스윙 삼진으로 돌려세운 후, 모자를 벗었다가 눌러쓰는 조던 픽스의 뒷모습을 박건이 바라보고 있을 때였다.

"메이저리그 스카우터들이 몰려온 게 조던 픽스에게도 동기부여가 된 것 같다."

조던 픽스의 호투를 지켜보던 이용운이 평가했다.

"동기부여요?"

"조던 픽스도 메이저리그 복귀 의사를 갖고 있거든."

박건이 작게 고개를 끄덕였다.

조던 픽스의 메이저리그 복귀.

불가능한 스토리는 아니었다.

메이저리그에서 주목받지 못하고 마이너리그를 전전하던 선수들 가운데 KBO 리그에 진출해서 훌륭한 경기력을 선보인 덕분에 메이저리그로 유턴한 케이스가 이미 몇 차례 존재했기 때문이었다.

"메이저리그 스카우터들의 눈에 띄기 위해서 조던 픽스가 더 경기에 집중하고 있다는 뜻입니까?"

"맞다."

이용운이 대답한 후, 말했다.

"후배도 집중해라. 오늘 경기에 따라서 후배의 메이저리그 진출 여부가 갈릴 수도 있으니까."

박건이 입을 다물고 다시 경기에 집중하기 시작했다.

슈아악.

딱.

대승 원더스의 8번 타자 강명호가 몸쪽 꽉 찬 코스로 들어온 조던 픽스의 직구를 공략했다.

빗맞은 타구였지만, 타구의 코스가 좋았다.

살짝 떠오른 타구는 2루수의 키를 넘겼다.

2루수와 중견수, 우익수가 타구를 잡기 위해서 모였지만, 어느 누구도 잡을 수 없는 곳에 타구가 떨어졌다.

강명호에게 텍사스안타를 허용하면서 조던 픽스의 퍼펙트게임 행진이 끝이 났다.

조던 픽스는 아쉬운 기색을 감추지 못했다.

1사 1루 상황에서 타석에 들어선 것은 9번 타자 고요한.

집중력이 흐트러져서일까.

조던 픽스가 던진 슬라이더는 가운데로 몰렸다. 그리고 고요한은 조던 픽스의 실투를 놓치지 않았다.

따악.

경쾌한 타격음과 함께 타구가 좌중간으로 향했다.

"7시 방향으로 전력 질주 해."

박건은 타구의 궤적을 눈으로 좇는 대신, 빙글 몸을 돌려 이용운의 지시대로 전력 질주를 시작했다.

"속도를 줄이면서 점프캐치 시도할 준비를 해."

이용운의 지시가 이어진 순간, 박건이 달리는 속도를 줄이며 고개를 돌렸다.

이번이 처음이 아니었다.

이미 연습 시에 수천 번이나 이용운과 호흡을 맞춘 적이 있었다. 그래서 지금의 상황이 낯설지 않았다.

탁.

머리 위로 날아오고 있는 타구를 확인한 박건이 지면을 박차고 힘껏 점프하면서 글러브를 높이 들어 올렸다.

'잡았다.'

글러브 속으로 타구가 빨려든 순간, 박건이 착지했다.

"1루로 던져."

좌중간을 가르는 타구가 될 거라고 판단했던 1루 주자 강명호는 2루 베이스를 통과했다가 다시 귀루하고 있었다.

주자의 위치를 눈으로 확인한 박건이 1루로 송구했다.

쉬이익.

원바운드로 도착한 송구가 1루수가 내밀고 있던 글러브 속으로 정확히 도착했다.

강명호는 슬라이딩조차 시도해 보지 못하고 허무한 표정을 지었다.

"아웃."

더블아웃을 만들어낸 호수비를 펼친 박건이 메이저리그 구단 스카우터들이 모여 있는 관중석 쪽으로 시선을 던졌다.

조금 전 호수비에 놀란 표정을 짓고 있는 메이저리그 구단 스카우터들을 확인한 박건이 작게 혼잣말을 꺼냈다.

"놀라기는 이릅니다. 이제 시작이니까."

*　　　*　　　*

6회 말, 청우 로열스의 공격.

2사 주자 없는 상황에서 타석에 고동수가 들어섰다.

자신을 보기 위해서 경기장을 찾아온 메이저리그 스카우터들에게 강한 인상을 심어주기 위해서일까.

배원권은 완벽에 가까운 투구를 펼치고 있었다.

5와 2/3이닝 동안 볼넷 하나만 내주고 안타를 허용하지 않은 노히트노런 경기를 이어가고 있었다.

슈악.

2볼 2스트라이크 상황에서 배원권은 바깥쪽 커브를 던졌다.

딱.

낙차 큰 커브에 고동수는 타이밍을 완전히 뺏겼다.

배트 끝부분에 빗맞은 타구는 3루 측 라인을 타고 느릿하게 굴러갔다.

대승 원더스의 3루수인 정대환이 빠르게 앞으로 대시하며 맨손 캐치를 시도했다.

타자주자 고동수의 발이 무척 빠르기 때문에 글러브로 포구해서 송구하면 늦다고 판단했기 때문이리라.

정확한 상황판단.

그렇지만 타구에 회전이 많이 걸린 탓에 정대환은 한 번에 타구를 잡아내는 데 실패했다.

공을 한 번 더듬은 후 재빨리 다시 잡아냈지만, 고동수의 위치를 확인한 정대환은 1루로 송구하는 것을 포기했다.

빗맞은 내야안타로 노히트노런 행진이 끝난 순간, 배원권이 미간을 찌푸렸다.

박건이 타석을 향해 걸어갈 때, 이용운이 말했다.

"비슷한 상황이다."

"뭐가요?"

"6회 초 상황과 비슷하지 않으냐?"

그제야 박건이 말뜻을 이해했다.

퍼펙트 행진을 이어가던 조던 픽스는 강명호에게 텍사스안타를 허용했다.

못내 아쉬움을 감추지 못하던 조던 픽스는 고요한에게 실투를 던졌다.

만약 박건의 호수비가 아니었다면, 실점으로 이어졌으리라.

그리고 배원권의 상황도 엇비슷했다.

노히트노런 행진을 이어가던 상황.

고동수에게 내야땅볼을 유도해 냈지만, 내야안타가 되면서 노히트노런 행진이 깨진 것이었다.

"실투를 던질 가능성이 높단 말입니까?"

"그래. 실투를 노려라."

'가능성은 충분해.'

박건이 이렇게 판단했을 때, 이용운이 덧붙였다.

"차이를 만들어라."

"무슨 차이요?"

"실투를 놓치지 말라는 뜻이다."

'홈런을 때리라는 뜻이구나.'

6회 초에 조던 픽스의 실투를 노려 쳤던 고요한의 타구는 박건의 호수비에 걸렸다. 그리고 이용운은 같은 상황을 연출하지 말라고 조언하고 있었다.

즉, 호수비가 나올 여지조차 만들지 말라는 뜻이었다.

'배트를 길게 쥐고, 타석의 위치를 옮긴다.'

박건이 신중하게 타격 준비를 마쳤다.

슈아악.

'직구, 가운데로 몰렸다.'

박건이 두 눈을 빛냈다.

원래 배원권의 의도는 바깥쪽 직구를 던지려는 것이었으리라.

그렇지만 제구가 뜻대로 되지 않으며 가운데로 공이 몰렸다.

따악.

박건이 힘껏 배트를 휘둘렀다.

완벽한 타이밍에 걸린 타구가 이상적인 포물선을 그리면서 외야로 날아갔다.

'넘어갔다.'

손바닥에 전해지는 울림이 강렬했다.

홈런을 확신한 박건이 천천히 1루 쪽으로 달려가며 타구의 궤적을 눈으로 좇았다.

외야 관중석 상단에 떨어지는 타구를 확인한 박건이 주먹을 쥔 오른손을 허공에 들어 올렸다.

*　　　*　　　*

2—0.

청우 로열스가 두 점의 리드를 안은 채 경기는 9회로 접어들었다.

박건이 9회 초 수비를 위해서 수비위치로 이동할 때, 이용운이 평가했다.

"가장 이상적인 경기다."

"왜 그렇게 평가하신 겁니까?"

"리그 최강 팀인 대승 원더스를 상대로도 청우 로열스의 승리 공식대로 경기가 흘러왔으니까."

선발투수의 호투와 견고한 수비로 실점을 최소화한다.

리드를 얻어낸 후, 필승조를 차례로 올려서 끝까지 리드를 지켜낸다.

청우 로열스의 승리 공식이었다.

선발투수 조던 픽스가 6이닝 무실점을 기록하는 사이, 박건이 투런홈런을 터뜨려서 리드를 잡아냈다.

그 후, 불펜투수 라이언 벤슨과 백철기가 각각 무실점으로 1이닝씩을 막아내며 두 점의 리드를 지켰다.

한마디로 청우 로열스의 승리 공식이 완벽하게 구현된 셈이었다.

잠시 후, 박건이 물었다.

"이상적인 경기가 아니라 가장 이상적인 경기라고 평가하신 이유가 있습니까?"

이미 청우 로열스는 비슷한 유형의 승리를 거둔 적이 있었다.

당시 이용운은 '이상적인 경기'라고 평가했었다.

그런데 오늘은 '가장 이상적인 경기'라고 평가했다.

그 이유에 대해 묻자, 이용운이 대답했다.

"후배가 주인공이기 때문이지."

그 대답을 들은 박건의 입꼬리가 올라갔다.

오늘 경기에서 자신이 펼친 활약을 칭찬에 인색하기로 소문난 이용운도 인정한 셈이었기 때문이었다.

"이 정도면 배원권을 보기 위해서 찾아왔던 메이저리그 구단 스카우터들에게 강렬한 인상을 심어주기에 충분했겠죠?"

"분명히 관심이 생겼을 것이다."

박건의 입가에 떠올랐던 미소가 한층 짙어졌을 때, 이용운이 덧붙였다.

"그렇지만 여전히 아쉽다."

"왜 아쉬운 겁니까?"

"이런 기회는 자주 찾아오지 않거든. 기회가 찾아왔을 때, 더 강렬한 인상을 심어주고 싶거든."

이용운이 개인적인 바람을 꺼냈다.

그렇지만 박건은 이용운의 바람이 이뤄질 확률이 낮다고 판단했다.

9회 초, 마운드는 청우 로열스의 마무리투수인 손태민이 지키고 있었다.

올 시즌 초중반까지만 해도 손태민의 활약은 가진 바 기량에 비해 미비했다.

청우 로열스가 승리하는 경기가 워낙 적었기 때문에 마무리 투수인 손태민에게 등판 기회가 자주 찾아오지 않았기 때문이었다.

그렇지만 청우 로열스가 본격적으로 상승세를 타기 시작한 올 시즌 중후반부터는 상황이 달라졌다.

청우 로열스가 승리를 거두는 횟수가 늘어나고 접전인 경기가 많아지면서, 자연스레 손태민의 등판 기회도 늘어났다.

그리고 등판 기회가 늘어나면서 손태민은 마무리투수로서의 역량을 증명했다.

29세이브를 기록하면서 리그 2위에 올라 있는 것이 손태민이 정상급 마무리투수라는 증거였다.

박건은 '철벽'이란 별명처럼 손태민이 2점의 리드를 지키며 경기를 마무리할 것이라고 확신했다.

실제로 손태민은 9회 초에 등판해서 두 타자를 내야땅볼과 삼진으로 돌려세우며 손쉽게 두 개의 아웃카운트를 잡아냈다.

승리까지 남은 아웃카운트는 단 하나.

그렇지만 대승 원더스는 호락호락하게 물러나지 않았다.

"볼넷."

4번 타자 유대호가 손태민을 상대로 볼넷을 얻어내며 출루했다.

장타를 의식한 손태민이 유인구 위주의 승부를 펼쳤지만, 유대호는 베테랑답게 유인구에 속지 않았다.

2사 1루가 되자, 대승 원더스 양성문 감독은 발이 느린 유대호를 빼고 대주자 이명경을 기용했다. 그리고 타석에는 5번 타자인 타이런 우즈가 들어섰다.

오늘 경기의 중요성을 잘 알고 있기 때문일까.

손태민은 타이런 우즈를 상대로 쉽게 승부 하지 못했다.

슈악.

"볼."

역시 유인구 위주의 피칭을 펼치면서 타이런 우즈의 헛스윙을 유도하려 했다. 그렇지만 타이런 우즈의 배트는 쉽게 딸려 나오지 않았다.

3볼 1스트라이크.

불리한 볼카운트에 몰린 손태민의 표정이 굳어졌다.

타이런 우즈에게까지 출루를 허용하면, 동점 주자를 루상에 내보내는 결과를 초래하기 때문이었다.

포수와 신중하게 사인을 교환한 손태민이 투구 동작에 돌입했다.

슈아악.

5구째로 선택한 공은 몸쪽 직구.

장타를 의식해서 철저하게 바깥쪽 승부를 펼쳤기 때문에 타이런 우즈의 허를 찌르기 위한 볼배합이었다.

좋은 시도.

그렇지만 손태민의 제구가 뜻대로 되지 않았다.

손태민의 손을 떠난 직구는 가운데로 몰렸다. 그리고 타이런 우즈는 실투를 놓치지 않고 받아쳤다.

따악.

박건이 타구를 쫓아가다가 이내 멈추었다.

잡을 수 없는 타구라는 사실을 금세 알아챘기 때문이었다.

외야 펜스를 훌쩍 넘긴 타이런 우즈의 타구는 관중석 중단에 떨어졌다.

2—2.

동점이 된 순간, 청우 로열스의 홈구장이 적막에 휩싸였다.

*　　　*　　　*

경기는 연장으로 접어들었다.

'불리한 쪽은 청우 로열스야.'

한창기가 한숨을 내쉬었다.

라이언 벤슨과 백철기, 그리고 손태민까지.

청우 로열스는 이미 필승조를 모두 소모한 상황이었다.

반면 대승 원더스는 아직 필승조가 고스란히 남아 있었다.

선발투수인 배원권이 9회 말까지 마운드를 책임졌기 때문이었다.

11회 초 대승 원더스의 공격.

한창기는 2이닝 동안 마운드를 지켰던 손태민을 대신해서 홍원우를 마운드에 올렸다.

올 시즌 주로 롱릴리프로 활약했던 홍원우가 11회 초 수비를 무실점으로 막아주길 바랐는데.

슈악.

퍽.

홍원우는 스타트부터 좋지 않았다.

양성문 감독이 내세운 대타자 조길석에게 몸 맞는 공을 허용했다.

무사 1루 상황에서 타석에 들어선 것은 타이런 우즈.

9회 말에 극적인 동점 투런홈런을 터뜨렸던 타이런 우즈는 강렬한 인상을 남겼다.

그래서일까.

홍원우는 타이런 우즈를 상대로 과감한 승부를 펼치지 못했다.

슈악.

"볼넷."

홍원우가 스트라이크를 던지지 못하고 타이런 우즈에게 스트레이트볼넷을 허용한 순간, 한창기가 감독석에서 일어섰다.

"중압감을 못 이겨."

홍원우는 박빙의 승부에서 등판한 경험이 많지 않았다.

게다가 오늘 경기는 청우 로열스의 올 시즌 농사의 결과를 좌지우지할 정도로 중요했다.

그래서 홍원우는 중압감을 이기지 못하고 도망가는 피칭을 하기 바빴다.

홍원우에게 계속 마운드를 맡기기는 무리라고 판단한 한창기가 마운드에 올라가 투수 교체를 단행했다.

홍원우를 대신해 이대원이 마운드에 올라왔다.

"도망가지 말고 승부 해."

이대원에게 공을 넘기며 한창기가 지시했다.

"네? 네."

이대원이 대답했다.

그렇지만 한창기는 불안한 기색을 지우지 못했다.

아까 대답하던 이대원이 자신의 시선을 피했기 때문이었다. 그리고 한창기의 우려는 기우가 아니었다.

슈악.

"볼."

분명히 도망가지 말고 승부를 하라고 지시했지만, 이대원은 대승 원더스의 6번 타자 정대환을 상대로 스트라이크를 던지지 못했다.

3볼 노 스트라이크.

도망치기 급급한 것은 이대원도 홍원우와 마찬가지였다.

'내 욕심이 과했어.'

한창기가 한숨을 내쉬었다.

이대원의 올 시즌 보직은 패전처리조.

그런데 갑자기 중요한 경기, 박빙의 상황에 마운드에 올렸는데 자신 있게 투구할 수 있을 리 없었다.

'차윤수가 있었다면?'

차윤수의 부재에 대해서 짙은 아쉬움을 느끼던 한창기가 이내 고개를 흔들었다.

아쉬워한다고 한들 부상으로 전력에서 이탈한 차윤수가 돌아오지 않는다는 사실을 잘 알고 있기 때문이었다.

"이기고 싶다."

승리에 대한 각오를 불태우던 한창기의 시선이 1루 수비를 하고 있는 앤서니 쉴즈에게 닿았다.

도망가기 급급한 이대원의 투구가 마음에 들지 않기 때문일까.

불만이 가득한 표정을 짓고 있던 앤서니 쉴즈와 한창기의 시선이 마주쳤다.

그 순간, 앤서니 쉴즈가 마치 기다렸다는 듯이 손을 들어 어디론가 가리켰다.

그런 앤서니 쉴즈의 손끝이 닿아 있는 곳은 좌익수 박건이었다.

『내 귀에 해설이 들려』 5권에 계속…